エデンの命題
The Proposition of Eden

島田 荘司

SHIMADA SOJI

KAPPA NOVELS

装幀　泉沢光雄
カバー装画　石塚桜子「身体原子」
撮影／講談社写真部

Contents

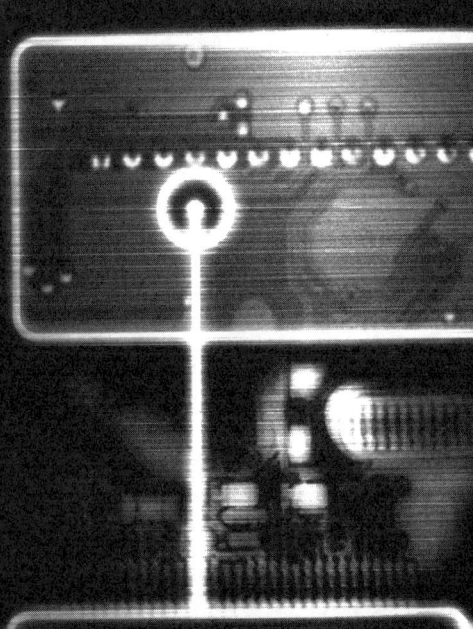

エデンの命題

The Proposition of Eden

1

ぼくはよくこんなふうに思う。人間の体の中には川が流れている。川というのは、地球人のぼくらの場合はＨ２Ｏの川。

どこか遠くの南の海で、太陽に熱せられて海水が蒸発して水蒸気に変わり、それが雲になって、風に吹かれて陸地の山の上に移動する。これが山に雨を降らせて、この雨水が川になって、山地を削って渓谷やデルタ地帯を作りながら平地に向かう。そして平野を蛇行してすぎ、また海へと戻っていく。そして沖でまた水蒸気になり、雲になる。

Ｈ２Ｏはこんなふうに地球上を循環し、洗いながらさまざまな地形を作り、同時に陸に棲み暮らす生き物を養っている。生き物というものは、必ず川のそばに暮らし、川の水を飲んで生存している。動物も植物も、花も草もそうだ。どんなに辺鄙な場所に暮らしているように見える微小生物も、必ずこの水の循環経路のどこかの地点に位置し、自分の体を使って川を流している。どんな生物でも、その体は必ずパイプで、川の支流の一部なのだ。

人間だって例外じゃない。必ず川のそばに住み、毎日口から川の水を飲み、絶えず体内に流しながら生きている。都会という高度な集合装置の完成により、人は川べりから離れたけれど、それは水道というメカニズムで、川を各家庭に引き込んだからだ。だから川は、人間一人一人の家の中を流れている。未来永劫、人間がそこにいる限り、どんな高層ビルの上にも、どんな地下深い家の中をもだ。

川は家から人の体内に流れ込み、泌尿器官まで流れ下って、尿として出て、また川に戻る。人間は日にだいたいペットボトル一本と少しくらいの尿を排出する。だからそれ以上のきれいな水を、毎日飲まなくてはならない。

　地球を洗浄する川の流れが滞ると、そこで腐敗、汚染が起こり、バイ菌や悪臭の発生が始まる。病だ。そしてこれを飲んだ生物も病気になる。体内の川もすっかり同じで、うまく水を流してやらないと、消化器官をはじめとしてあちこちに澱みが起こり、病気が生まれるのだ。

　ぼくは地球の表面で行われている、水の循環というこの上手な水洗のシステムを考えていて、やっと病気というものが解った。感染症などさまざまな直接原因はあるけれど、人間の体には、これを撃退する生命維持機能も備わっている。そういう免疫力をうまく働かせるには、ストレス排除や睡眠という以前に、水こそが前提なのだ。体内に流れる川を、絶えずきれいにして流し、流通をスムーズにしてやらなくては病気になる。

　そしてぼくは解った。ぼくは不治の病――、自分ではそんなふうにはとらえていないのだけれど、健常者とは違う脳の個性を持っている。だから体内のきれいな川の流れが、健常者よりも大切なのだ。

　でも今日ＮＡＳＡのウェブサイトを見ていて、ぼくはびっくり仰天した。一九九七年の十月、土星の衛星タイタンに向け、米航空宇宙局は無人探査ロケット、カッシーニを発進させた。それが昨年、二〇〇四年の六月にタイタンに到達した。四十億ドルもの国家予算を遣い、のべ五千人という選りすぐりのスタッフの能力を結集しての、土星とその衛星タイタンの探査計画だ。

NASAはぼくの夢だ。ケープケネディでなくたっていい。カリフォルニアのどこかの支部で、星から持ち帰った岩石のかけらを顕微鏡で覗いて詳細なデータを取る、そんな仕事ができたらどんなに素敵だろう。

土星は、地球からは約十二億八千万キロメートルも離れた、遠い遠い巨大な冷凍惑星だ。太陽と地球との距離はおよそ一億五千万キロメートル、太陽と火星との距離はだいたい二億三千万キロメートル、だから火星・太陽間は、地球・太陽間の倍まではない。でも太陽・土星間の距離は十四億三千万キロメートルとなって、一挙に地球・太陽間の十倍になる。だからカッシーニの旅が七年近くもかかったのは当然だ。

水星から火星までは、比較的近い範囲に固まるグループだけれど、木星以遠は一挙に遠くなる。火星と木星との間に小惑星群のベルトがあるし、全然別の天体のようだ。太陽から木星までの距離は七億八千万キロメートル、土星はさらにその倍近い遠方だ。

土星の衛星タイタンは、ガリレオの昔から割合よく知られていた。何故なら、タイタンは非常に大きいからだ。半径二千五百七十五キロメートル、これは水星よりも大きい。かつては、太陽系に存在する衛星の内で最大とみなされていたが、木星の衛星のガニメデはもっと大きいと最近解ったから、タイタンはこれに次ぐ太陽系二番目の衛星ということになる。いずれにしてもそんなふうに大きいから、初歩的な望遠鏡でも姿が見えたのだ。

でも衛星の中で唯一厚い雲に覆われた星なので、タイタンの地表は、地球人の目にはまったく見えないで二十一世紀まで来た。

だからタイタンの地表はどうなっているのか、二十世紀の科学者たちは大変な興味をもって観察と推測を続けてきた。一九四四年、スペクトル観察によって、タイタンにはメタンを含む大気が存在することがあきらかになった。そして九〇年代に入ると、生命発生のプロセスに必要なシアン化水素の存在も確認されて、生命への期待が高まった。けれど極限的に寒い環境だから、水は氷のかたちでしか存在し得ない。そう思っていたら、九七年には赤外線探査衛星によって、水蒸気の輝度も確認された。これらによってタイタンは、四十億年前頃の地球とよく似た環境ではないかと言われはじめた。

タイタンの上空で、カッシーニは地表に向かって小型探査機ホイヘンスを撃ち出した。ホイヘンスは厚い雲の中を降下し、雲を抜けた瞬間に見えたタイタンの地表の光景を写真に撮り、地球に電送してきた。最近公表されたこれを見て、ぼくはびっくり仰天し、とても興奮したのだ。

タイタンの写真は、地球の航空写真にそっくりだったからだ。山があり、平地があり、黒い海まであり、血管のように見える無数の黒い川が、山の上方からうねりながら下り、太いものへと合流しながら平地を流れて抜け、海にいたっている。複雑に入り組んだそんな黒い流れの筋が、写真にはっきりと写っていた。まるで地球に戻ってきたように懐かしい眺めだった。昔宇宙のどこかで別れた地球の兄弟に、思いがけず再会したようだった。

今はもう干上がってしまって流れはないにしても、これほどはっきりと流れの跡が写っているということは、水があったのはそんなに昔のことではない。地球から十三億キロも離れた星にも川があり、海があったのだ！　そういう発見はぼくには衝撃だった。火星にも木星にも、こんなにはっきりとした川はなかった。そうなら水の循環もここにはあったはずだ。それも最近。まるでＳＦ小説ではないか、そう思ってぼくは興奮したのだ。

血管のような黒い流れは、地球の表面のものとまったく同じ水循環の証拠だ。海で蒸発した水が、タイタンの上空で雨雲を作り、これが風によるのか理由はよく解らないが、山間部に移動して雨を降らせる。この雨が川になってタイタンの陸地を流れて下り、平野をうるおしながら大河に合流していき、海に戻っていく。そして沖あいでまた蒸発し、雲になって山地の上に戻り――、タイタンにも、そうした地球とまったく同じ循環現象が起こっていた。

そうなら、この黒い川の沿岸にもきっと生物がいる。この川の流れを口から取り込み、体内を泌尿器官まで流しながら生きている生物が、きっと存在している。ぼくはそう思って興奮し、感動した。

けれど、冷静になれば事態はそう簡単ではない。土星もその衛星のタイタンも、太陽から十四億三千万キロメートルもの彼方にある。だから太陽の光もほとんど届かない。とてつもなく冷えた星だ。気温は、平均してマイナス百八十度Ｃくらい。そうなら、たとえ水があっても液体を成してはいない、常に硬く凍てついた、透き通った岩だ。零度より遥かに低い超低温の世界では、Ｈ２Ｏの液化はむろんのこと、蒸発など起こらない。水は永遠に岩石と同等の存在だ。だからこの黒い川を流れ、また海を満たしていた液体は、水ではあり得ない。

では何なのか、一九四四年のG・P・カイパーのスペクトル観察から推察すれば、この液体はメタンだ。メタンというと、ぼくら地球人はすぐガスだと思ってしまう。メタン、CH4という物質は、地球ではたいていガスとしてしか存在していない。それは地球が、零下二、三十度から、せいぜい四十度までの温度域にある星だからだ。もしも地表の気温が常に摂氏二百度という星に行けば、水がガスとしてしか存在していないのと同じだ。

メタンは、融点がマイナス百八十四度C、沸点はマイナス百六十四度Cだ。だから気温がマイナス百八十度C前後のタイタンでは、メタンは凍ってもいず、蒸発してガス化してもいず、その中間の液体でいる。これが海を作り、昼間太陽光でマイナス百六十四度C以上に暖められると蒸発して雲になる。これが山間部の上に移動して液体メタンの雨を降らせるのだ。そしてメタンは山を流れて下り、平野をうるおしながら大河に合流して、海に帰っていくのだ。

そうなら、この星で発生し、生命をもって暮らしている生物の体内を流れる川は、メタンだということになる。血も筋肉も、細胞も骨も、すべてメタンからできあがっている。だからこの生物群の中から万物の霊長が現れ、言語や高度な文明を持ったとしたなら、タイタン人の体内を流れている川はメタンだ。

この生物がロケットに乗って地球に遊びにきたら、超冷凍の宇宙服を着ないと生きていられない。地球の大気に不用意に入ってきたら、あんまり高温だからタイタン人は瞬時に爆発し、メタンの塵になってしまう。

ぼくがタイタンに行っても同じだ。超暖房の宇宙服を着ていないとタイタンの大気に触れた途端、氷の塊になってしまうだろう。

なんて不思議なことだろうと思う。二百度Cという温度の差がある文明同士、これを代表する生物間にも意思の疎通ができ、情報を共有できて、友情が生まれるのだろうか。

できるだろうし、できないとも思う。だけど利害の壁は厚く、安定する環境のありようが全然異なるのだから共存共栄の余地が微妙になって、戦争になりやすい関係ではある。一方の快適は、他方の死だ。

だからぼくがこの地球上で、真の友情を発見できなくたって、それは仕方がないことと思う。生物はみんな成りたちが違う。H２OとCH４ほどには違わなくても、同じH２O系の生物同士だって、体を動かしている脳の仕組みがまったく違えば、求める安定環境のありようが異なってきて、だから友達同士になるのは骨だ。いじめに遭ってもそれは仕方がない。ぼくは前の学校でよく暴力に遭遇したけれど、それも仕方がない。みんなぼくとは違った考え方で日々を生きているのだ。ぼくもまた彼らとは違った理由で毎日を生きている。目指している環境が違うし、気持ちがいいと感じる条件が違う。そうさせているのは、お互いの脳構造の違いだ。

ぼくがカフェでそんな話をしたら、ティア・ケプルタは、きゃーと悲鳴をあげた。どうしたのと聞いたら、トヨタT１００が来たと言う。彼女はエンジン音によって乗用車とトラックの音を聞き分けられるのはもちろん、トラックの種類や、ディーゼルかガソリン・エンジンかの違いを瞬時に言いあてられる。そして中でもシヴォレーのディーゼル・トラックの音を毛嫌いしていて、その音が聞こえると耳をふさいで逃げだす。ディーゼルの音や匂いは彼女の生存をおびやかす。トヨタT100はガソリンで、まだずいぶんましなのだ。

ぼくは大きなラバー・ボウルに乗って、絶えず跳ね、体を揺すりながら自分の考えを話していた。このジャンプはもう三十分以上続けている。こうしている方が考えに集中できるし、頭も働く。ティアもまた、ピーター・ネルソンが書いた「トゥリーハウス」を熟読しながらぼくの話を聞いていた。

「どう思う、ティア」

とぼくはうかつなやり方で訊いた。すると彼女はこう問い返す。

「アスペルガー症候群の人たちの意思疎通能力一般についての質問？　地球人同士における脳の成りたちの個々人の違いについて？　メタン系生物の存在の可能性について？　それともタイタンの地表になんらかの生物が存在するか、その可能性一般について？　それともタイタンの探索に四十億ドルもの国家予算を投じたことの是非について？　地球人同士の脳の成りたち個々人の相違について？　これはアスペルガー症候群の人たちと一般との違いの比喩でしょう？　この両者の意思疎通の能力の一般的相違について？」

ぼくはよくよく考え、慎重にこう言った。

「CH4系の生物と、H2O系の生物との機能的差異は、アスペルガーの人の脳と、そうでない人の脳との差異と同列に論じられるか。また互いにとって互いの脳は、器質的機能障害と言い得るか」

「論じられるし、互いに器質性機能障害と言い得ると思う」

ティアは言った。

ティアはとても頭がいい。IQは二百近くある。成績は高校在学中ずっと一番だった。けれども、友達はたった一人もできなかった。ボーイフレンドもできなかった。

ティアは、何か別の行為と同時でなくては認識力、思考力を最大限に発揮できない。一般の教師は、彼女のそういう態度を不真面目と取る。注意したあげく、怒りだしてもティアは、これはぼくもそうなのだが、教師の内面の感情を、その表情から読み取ることができない。だからマイペースで行動を続け、ひどくふてぶてしい生徒だと勘違いされてしまう。そして暴力に遭遇し、怪我をすることになる。周囲から疎外され、放校の危険に直面する。

「ザッカリ、あなた最近太ったね。それからそのTシャツの女の子の顔に塗られている蛍光色は気持ち悪い」

ティアはいきなり言った。

これもそうだ。彼女は人の感情に配慮するということが先天的にできない。そして相手が顔に不快感を表しても、その表情の意味が読み取れないからずけずけ話してしまう。相手が怒っても、全然威圧を感じない。ずっとマイペースで行動を続けるから、ひどく性格の悪い女の子だと誤解されてしまう。

ぼくはそれを知っているからなんとも思わないが、ぼくにしてもそうだった。子供の頃のぼくは人に合わせた行動ができなかったし、相手の言うことを理解し、発展させることができなくて、ただ相手の質問や説明をオウム返しに言い戻すだけだった。ぼくの発する言葉は、十歳までずっとそれだけで、だから学校ではいじめられ続け、何度も暴力に遭遇して、たびたび怪我をした。ぼくは両親ではなく、叔母に育てられたのだけれど、彼女は育て方が悪いのだとみなに言われて、ぼくが十五歳の時に自殺した。ぼくはそれからしばらく施設をたらい廻しにされ、ここ、アスピー・エデン教育複合施設ができたので、すぐに入った。

ティアも、高校から転入してきた。ここでの彼女はとても順応して、生活が楽しくなったらしい。

ぼくも同じだ。彼女を知ってから、だんだん彼女に惹かれるようになったし、向こうもそうだと言った。ぼくらはすぐにボーイフレンドとガールフレンドになったけれど、それは恋人同士というのとは少し違う。性が違うからそんな言葉が登場しただけで、ただ友情がさらに深まった状態だ。男女間にはこの先があるのだと言われることが時にあるけれど、それはよく解らないし、その意味も必要性も、正直のところ不明だ。

互いの部屋に遊びにいくことはあんまりない。コミュニティの中にあるカフェやレストランで、こうして話すだけでぼくは充分だ。お互いの気持ちは解るのだけれど、相手に踏み込んで、それ以上理解することには興味がない。だから結婚とかといった行為の、真の意味での理解はできない。もちろん一緒に暮らせれば何かと楽だろうけれど、それは今だって同じだ。常に一緒にいるし、眠るベッドが違うだけだ。

ここアスピー・エデン学園には、アスペルガー症候群の人たちを中心にして生徒や学生が集まっている。アスペルガー症候群というのは長いこと謎とされてきた病気だが、自閉症の一種と考えられている。今では「脳の先天的、器質的機能障害」と説明される。

そもそも「自閉症」というものが何かというと、これも正確のところが解っていない。そもそも「自閉」という言葉が、正確な事態説明になっていない。この言葉からは、自分の殻に閉じこもり、周囲と話もしなければ動きもしない子供がイメージされがちだが、実際は全然違っていて、自閉症の子供はむしろ健常者以上に走り廻り、動き廻る。たいていが活動的にすぎて親を疲れさせ、はらはらさせるのだ。たとえばしょっちゅう車道に飛び出すとか、店内を走り廻るなどで、ぼくもそうだった。

心は自閉ではなく、むしろ外界に向かって開きすぎていて、それが親たちの期待する開き方とは違うのだ。叔母に連れられて学校にいく時、ぼくは決まったルート以外を歩くことができなかった。それは花壇の縁、公園の植込みなんかを含んでいて、だから叔母はぼくを送る時に、自動車を学校の門に直接乗りつけることができず、ずっと手前で降りて、公園内を毎朝延々と歩かなくてはならなかった。もしも公園を素通りして学校につけてしまうと、ぼくは火がついたように泣きわめき、絶対に車を降りようとしなかったからだ。

学校に着くと、授業が始まる前に、教室のそばにあるトイレの水を、すべて一回ずつ流して廻らなくてはならなかった。団体行動は絶対にできず、表に出れば、必ず反対方向に全力で走りだす。教師に汗をかかせて追跡させる。

しかしグローサリィストアに行けば、陳列されている商品の乱れが気になって、片端からきれいに整頓する。各売場ごと、何十分でもそれをやる。

家に戻ったら、叔母の要求していることが全然理解できない。食事をするように言われても、お風呂に入れと言われても、歯を磨けと言われても、その要求が理解できない。「お風呂に入って」と言われれば、ぼくも「お風呂に入って」と応じるだけで、動こうとはしない。叔母が怒っても、その感情が解らない。

だけど十歳になってから、生活カードによってようやく叔母の希望を理解するようになった。歯磨きカード、お食事カード、ぼくは絵の描かれたカードには強い興味を持ち、よく反応した。特に恐竜《ダイナソウ》が大好きで、恐竜が歯を磨いていたり、食事をしていたりすると、その通りにするのだ。

子供が自閉症か否かの判断の基準は、むろん細かいチェック・ポイントがあるけれども、最初の大ざっぱな判定は、まず社会性の遅れ。次にこだわり行動の発現。そしてコミュニケーションの障害、この三つだ。ぼくはこれによく該当して、自閉症と診断された。

ぼくらは、「社会性」、「コミュニケーション」、「こだわり行動」、「感覚上」で、一般的な人たちから見たら「障害」を起こしている。けれどぼくら自身から見たら、障害でもなんでもない。ぼくらはまったくハッピーだし、人を傷つけようとは思わない。保護者や教師はよくそう思うらしいが、誤解だ。ぼくらの行動に、そんな意図はない。

それから、とりたてて犯罪とか狡《ずる》い行為、たとえば勉強しないでおいて、カンニングなどによってテストに良い点を取ることなどには興味がない。誰かの持ち物を盗んで自分のものにしたいなど、生まれてこの方思ったことがない。

　でも多くの人、ティアやぼくもそうなのだが、言葉に障害があるように見えているだろう。動作や話し方が、人よりちょっとスローになるのだ。けれど語彙《ごい》力にはまったく問題はない。むしろ一般の人たちより豊富だろう。興味の対象のフィールドに関しては、専門家顔負けの学生も多い。

　でもひとつのことに何日も集中しすぎ、ほかのことがまったく見えなくなったり、誤解が健常者以上に進行したりすることはある。そうかと思うと、要求された仕事の間中、どうしても気が散り続けたりもする。ぼくは中学生の頃、誤った情報によって教師を誤解してしまい、全然口をきかずに迷惑をかけた。思索の視野が狭すぎたのだ。このことは今もぼくは最大級の失敗だと思っているし、反省もしている。でもアスペルガーの仲間たちは、他人への思いやりは健常者以上にあると思う。周りにそれをうまく示せないのだ。

　人ができないことをやれるし、みんなが知らない情報をたくさん持っている。ぼくに関して言えば、宇宙の成りたちに関してとか、ＮＡＳＡの業績に関する知識なんかだ。もちろんこの障害の人たちの内にも、世間の人たち同様、いい人も邪悪な人もいる。けれど、アスペルガーの人たちが犯罪を起こしやすいと考える根拠は何もないし、またそんなデータもないはずだ。

「アスペルガー・ディスオーダー」と呼ばれる人たちは、「自閉症」と同じなのか違うのかと問われると、簡単に言えば、いわゆる自閉症でもＩＱの後退がない人たちのことを「アスペルガー症候群」と呼ぶ、ぼくはそんなふうに理解している。

　そしてここアスピー・エデンには、そんな生徒や学生たちが集まっている。

アスピー・エデンには、これまで在籍した学校での成績が、平均以上によい人が集められている。能力はあるのにみんなに溶け込めず、集団的ないじめの対象になり続けたり、暴力の洗礼を受け続けたような生徒だ。

だから先生たちも、教える領域の知識や、授業をする能力が高いだけではなく、アスペルガーという障害に対しての専門知識も身につけている。そうでないと、また授業中の態度が悪い、自分を馬鹿にしていると誤解して、この生徒に体罰を発想することにもなる。授業中ずっとコミックを読んでいても、ぼくのように授業を聞きながらずっとラバー・ボウルに乗ってジャンプしていても、その生徒に教師に対する軽蔑や悪気なんて全然ないのだ。むしろ集中するためにそうしている。


IQ上の遅れのない自閉症の人を、時に「HFA」、「高機能自閉症」と呼ぶことがある。そのうちの言葉の障害がない人のことを「AS」、「アスペルガー症候群」と呼ぶ、そう説明してもよい。これらはだから一連の連続体で、ここからこっちをアスペルガー、こっちは正常、などというような分類はできない。明確な境界線はない。この連続体を、「自閉症スペクトル」とも呼ぶ。

広汎性発達障害（PDD）とか、学習障害（LD）、注意欠陥障害（ADD）、注意欠陥多動性障害（ADHD）といった名称で細分化したり、把握しようという試みも、研究者によってはある。ここアスピー・エデンのカレッジでは、そういう授業もあるのだけれど、ぼく自身興味が湧かなくて、あまりよく憶えていない。

ただはっきりしていることは、アスペルガー症候群は、先天的なもので、親の教育によったり、悪い環境によったりして、後天的にかかった病気ではないということだ。だから前はまともだったけれど、アスペルガーにかかってしまったとか、以前はアスペルガーだったが今は違う、そういったことはあり得ない。何故なのかは不明なのだが、アスペルガーは、遺伝子の特殊性によって起こった、脳の先天的な器質的機能の変質だ。だからアスペルガーの人はアスペルガーの人として、生涯を生きていかなくてはならない。ぼくに関しては、それを不幸だと感じたことはただの一度もない。

けれどみなの無知から糾弾され、自殺した叔母は本当に気の毒なことをした。彼女のことを思うとぼくはたまらない気分になる。彼女は何も悪くない。原因は終始ぼくの方にある。考えたら罪の意識にさいなまれないではいられない。

アスペルガーの人たちは、異常といえば異常なのだけれど、悪いことばかりではない。ティアを見ても解るように、成績が抜群の人、何桁もの計算が一瞬でできてしまう人、二十世紀のどの日付でも、言われたら瞬時にして曜日が解る人、アメリカの地図が、山や川、主要都市の位置や名前まで正確に頭に入っていて、黒板にいつでもすらすら描ける人もいる。

アスペルガーは病ではない。個性なのだ。だからこれらの人たちが自分の能力を生かし、自信をもって仕事のできる世界が、この世界のどこかにはきっとある。ぼくはそう信じている。

2

ぼく、ザッカリ・カハネは、ラス・ヴェガスの郊外、砂漠のただ中に造られた、アスピー・エデン複合教育施設《エデュケイショナル・コンパウンド・ファシリティーズ》のカレッジ・コースにいる。学園はハイスクールとカレッジとがあり、全寮制だ。カレッジの学生は、アスピー・エデン高校の卒業生だけだ。

　アスピー・エデンは、過去、在学や卒業した中学や高校において問題児として孤立し、アスペルガー症候群と診断されて、しかし学力が一般以上に高い高校生だけが入学を許されている。この学園を作った出資者の、それが希望だったらしい。だからそういう方針になった。

　けれど例外的に、老化遺伝子の異常で早老症にかかった生徒とか、先天性の関節異常で車椅子から降りたことのない人も混じっている。こういう生徒にも、ＩＱや学力は水準以上が要求されている。すると彼らの態度は、アスペルガーに似ている。

　施設はソルモン・スタンレーという世界的金融会社のトップからの多額の寄付を受け、州からの援助も多少受けて運営されている。六年前に開校された時、入学した生徒はぼくも含めて高校生八人だけだったが、今はもう四十九人に増えている。教師たちはアスペルガー症候群の専門知識を持つ教師と教授が十二人、寮の管理をする人たちが十人、セキュリティの男性が四人常駐している。

　アスピー・エデン高校は、卒業すると高校卒業の資格が与えられるが、エデン・カレッジの方はまだ大学の資格が取れないでいるらしい。でも早晩取れるはずだとみんな言っている。

　学園の総合施設全体はゲイテッド・コミュニティになっていて、保護者も教育関係者も業者も、来訪者はみんな入口でセキュリティのチェックを受け、学園に有害ではないことが証明されないとゲートが開かない。受け入れられたら敷地内に入り、中にあるパーキング・ロットに車を止める。ここは場所が街からは離れているので、自動車でないと来られないのだ。

チェックを受けるのは教師も、施設内に毎日食料を運び入れている食品業者も、ガーディナーも保護者も、いっさいの分け隔てはない。だからおかしな人は入ってこられず、施設内はいつも安全だ。不良交友や犯罪を誘惑する人、危険思想も、危険宗教も、麻薬はむろんのこと、煙草やアルコホルの汚染さえない。食材は基本的に無農薬、健康診断は毎週のようにあり、まるで風邪の菌さえいないように思われる。

ここに来るまで、心身の健康に問題のある生徒が多かったせいだ。だから、もともと持病を抱えている人は多い。ティアも、糖尿病を患っている。だから甘いものも、アルコホルも摂らない。

でもそれは仕方のないこと。それ以外はまったくいたれりつくせり、ここは穢《けが》れのないエデンの園だ。アメリカにこんな理想郷があったなんて信じられないと、訪れた人はみんな言う。

アスピー・エデンのぐるりは、背の高い金網で囲まれていて、監視カメラが常に全域をカヴァーして映しており、強盗などの危険人物は施設内に侵入できない。金網が破られたり、無許可の誰かが網を乗り越えようとしたらアラームが鳴って、銃を持ったセキュリティが出動する。

エデンの周囲には街もなく、集落もない。だから金網越しのぐるりには、見える建物は何もない。ただ砂漠と、遠くの禿げ山だけだ。

けれど中で暮らすぼくらは、寂しいことなどまったくない。囲いの中にはたくさん花壇があり、一年中あらゆる花が咲いている。ガーディナーがやってきて、毎週世話をしているからだ。

花壇をぬって煉瓦敷きの散歩道があり、メインのプロムナードの突き当たりには教会がある。遊歩道や建物以外の場所は、すべて芝生のスペースになっている。芝生の中にはオレンジの木々が散在して、学生は自由にオレンジの実をもいで食べてよい。施設のはずれには野菜やハーブの畑、そしてイチゴ畑もある。これらを食べるのも自由だ。

菜園の隣にはテニスコートと、バスケットのコートがある。これも自由に使用してよい。今はまだ学生が少ないから、予約も手続きも要らない。グラウンドに行ってみて、誰もいなければ使ってよいのだ。これから学生が増えれば、そうもいかなくなるだろうが。

コミュニティの中には、レストラン、フルーツショップ、コーヒーショップが一軒ずつある。ここでさまざまなハーブ・ティーやコーヒーを飲みながら自由に食事や勉強ができるが、食べ物を表にトゥゴー（テイクアウト）してきて、オレンジの木々の木陰、芝生に腰を降ろして食べてもいい。噴水や、プールのそばにあるベンチやテーブルを使って食べてもいい。もちろんお昼の時間とか、授業の合間の時間帯にだ。

プールもあり、放課後は自由にここで泳いでいい。プールには、毎週プール・ガイがかよってきて、消毒薬を入れ、ゴミを取って常に清潔に保っている。冬は温水になるから、どんな季節でも泳げる。先生たちも泳いでいる。

学校のそばにはハイヴィジョンの映画館があるから、放課後はここで映画を観てもよい。映画は月水金と、火木土に別の映画をやっていて、二週間単位で二本同時に入れ替わる。

映画館の隣にはビリヤード場があり、ゲームセンターもある。そこで、女の子たちはよく踊っている。ロック・ミュージックがかかるからだ。

ブティックもあり、書店もあり、レンタル・ヴィデオのショップもあり、美容院も、アクセサリー・ショップも、化粧品を売る店もある。

だがぼくに何よりも嬉しいことは、教会の隣に大きな図書館があることだ。科学や、宇宙や、数学や歴史や、そういった専門領域の本とDVDがたくさん揃っていて、自由に閲覧ができる。ここにいたら、講義室にいる以上に退屈しない。

コミュニティの中には寄宿舎があって、各自部屋が割り当てられている。だから学校が終わればそこに帰って眠る。消灯時間は一応あるが、教師はうるさくはない。深夜まで敷地内をうろついていても、文句は言われない。朝学校に出てくればそれでいいのだ。ただ図書館やブティックは、午後七時半になったら明かりが消えてしまうけれども。

寄宿舎の各部屋にはテレビがあり、これも自由に観られるし、レンタル・ショップで借りてきたヴィデオやDVDを観ることもできる。寄宿舎の一階にはロビーがあって、ここでは夜遅くまで仲間と話していてもよい。

教育費は保護者が一括してか、毎月払い込んでくれているから、中にいるぼくらはすべて無料で生活ができる。ぼくらの行動に、いっさいの制約はない。囲いの外に出るのは禁止だけれども、みんな辛い学校時代を送ってきたから、外に出たいと思う者はない。ラス・ヴェガスやLAの街を観たければ、教師に申し出て、人数が揃えば教師引率で出かけられる。年に一度は海外旅行もある。

携帯電話《セルラーフォン》はここにはない。でもそんな必要はない。ぼくらの世界はこの中だけで、外に友人はいない。中の仲間とはいつだって直接話せる。

まったく夢のような暮らしだが、難点はある。ぼくの場合親がいないことだ。それだけではなく、親に関しての情報がいっさいない。死んでしまったらしいのだが、それも子供時分に叔母に聞いただけで、それ以上のことは知らされていない。彼女が死んでしまったから、もう情報源がなくなった。以前は叔母の周囲に親戚らしい人の姿が見えていた記憶もあるのだが、今はもう全然姿が見えない。連絡を取る方法も解らない。どこかに金満家の血縁者がいるらしくて、その人からぼくがここにいるための費用が出ているらしい。解るのはそれだけだ。

ぼくには兄弟もいないらしい。親兄弟、親戚もない。天涯孤独ということらしいが、一生の生活費は出るのだという。安くはないだろうに、本当にありがたいことだと思っている。

つまるところ、ぼくがアスペルガー症候群なので、親類縁者から棄てられたということだろう。けれど彼らにお金があるから、生活費は出してくれるということだ。この天国は、同時にそういう問題児の高額収容施設でもあるわけだ。

この施設に学ぶ者たちには、そういう境遇の者が多い。時々親が面会にやってくる学生もいるが、大半の者たちに親の姿は見えない。ティアもそうだ。彼女も親を知らず、その記憶もない。彼女の場合も、きっと子供をここに入れて、親は厄介払いをしたのだ。つまり彼女の親も、それが許されるお金持ちなのだろう。

けれどぼくは、全然寂しくなんてない。親がいることのありがたみも、ちょっとぴんと来ない。ぼくはこのアスピー・エデンでの自由な生活に完全に満足しているし、この囲いの外に出たいなんて露ほどにも思わない。囲いの外にいた昔の記憶は、制約だらけ、そして暴力と憎しみの苦痛に満ち満ちた、とても辛いものだった。二度とあそこに帰りたいとは思わない。

だからむしろ、今のカレッジを卒業し、ここを出なくてはならなくなった時のことが恐い。いったいどこに行かされるのか、どんな仕事をしなくてはならないのか。そのことを考えると、恐怖と絶望で胸が潰れそうになる。なんとかここに残してもらい、教師か助手にしてもらいたいと願っている。それが駄目ならガーディナーでも、図書館の管理人でもいい、なんとかここを出ないですむように取りはからってもらいたいものだ。いつもそう教師に訴えるのだが、すると彼女は笑って、ええ、あなたさえ勉強を頑張れば大丈夫よ、と励ましてくれる。

ぼくは将来のことを考える。教師たちはみんな結婚している。あるいは結婚の経験者だ。ここに学ぶ学生たちのうちには女の子もいて、恋愛は自由なのだが、結婚は三十五歳になるまで許可されない。その年齢に達するまで二人の愛情が持続し、なおかつ収入のある職を得て、生活費が稼げるようになれば許される。

でもそれは一応そういう取り決めになっているというだけで、いわば学園の建前だ。教師たちは、ぼくらが結婚の話題を持ち出すと、笑って同意はするものの、発展させようとはしない。あまり賛成ではないのだ。たぶん学生の保護者たちの思惑を反映しているのだろう。学生の保護者たちは、押しなべて自分の子供の結婚には消極的だ。

けれど教師たちの話では、自由な教育方針のアスピー・エデンに入りたいアスペルガーの青少年は、現在全米や、近隣諸国で増える一方らしいから、コミュニティは今後さらに拡充することだろう。それを見越して、経営者はこんな砂漠に施設を造ったのだ。

そうなったら、当然教師の数ももっと必要になる。だから学園は、卒業生の内から教師が出ることを期待している、教師はよくそんなふうに言うし、これは嘘ではない。この点には学校も積極的だ。また学園の卒業生たちが社会に進出し、後輩を受け入れる態勢を、企業内に構築する計画もあるらしい。

ぼくはそっちにはあまり乗り気じゃない。教師になりたいのだ。教師たちはどうやら懐疑的だが、ぼくはやれると信じている。そしてここでアスペルガーの学生たちを教えながら、将来は暮らしていきたい。そのために結婚の必要があるなら、ティアとしたい。恐ろしい網の外に出るなんてまっぴらだ。そのためには何だってするつもりだ。

3

学園の名前がアスピー・エデンなので、学生たちの間で「エデンの園」のエピソードが話題になることはよくある。エデンの園において神は、「男性であるアダムの肋骨の一本からイヴを創った」、というのが旧約聖書の伝えるところなのだが、このことがたびたび議論になる。

これに関する固定的な論題はふたつあり、ひとつは「エデンの園はどこにあったのか」という疑問だ。

何度かのディスカッションの末、われわれの得た結論は、チグリス川、ユーフラテス川沿いの、メソポタミア南部にあったのだろうということだ。メソポタミアとは、「川の間の土地」という意味だ。

メソポタミア南部のデルタ地域は、古来から「グ・エディン」と呼ばれることが多かった。これはシュメール語で「平野の頸《くび》」を意味する。このあたりは紀元前三〇〇〇年ないし四〇〇〇年頃は、食料の豊富に採れる穀倉地帯であったと考えられ、「エデンの園」という発想と言葉は、このあたりのイメージから出たものと考えられる。ゆえに「エデンの園」という物語もまた、その時代の描写と考えられる。

こちらは安全な議論だ。もう一方のテーマは多少危険で、「男性の肋骨の一本から、本当に女性を創れるのか」というものだ。

これは古来からある問いかけらしいのだが、解答を用意できる学問は、長い間哲学のみだった。しかし最新の発生生物学が、これに対して具体的な解答を用意するようになり、事態はだんだん倫理観との相剋《そうこく》で、宗教の存在理由さえ揺さぶる危険なものになった。

このエピソードは、誰の目にもあきらかなように、クローン人間製作の手法をシンボライズしている。最新科学が旧約聖書の語るところに追いついてきた。何千年も昔は、このようなことは神以外にはできようはずもなかったが、現在は人間もまたこれに挑戦できる手段を得た。男性の肋骨からというのは一般信者向けのファンタジーで、実際にはアダムの乳腺の細胞を用いての、クローン製作のことを言っているのだろう、ぼくらの理解はそうだった。

エディンバラ郊外のロスリン研究所で、一九九六年の七月に誕生した世界初のクローン生物「ドリー」は、そのようにして生まれた。ある羊の乳腺上皮細胞の核を卵子の殻に入れ、分裂を促してから別の雌の子宮に入れ、着床を待って誕生させた。だからあれはあきらかに聖書的な出来事で、ゆえに世界中は大騒ぎになり、これを指揮したイアン・ウィルマット博士は一躍時の人になった。

人間においてもこれは理論上は可能だ。むろんドリーは三百回近い気の遠くなるようなトライのすえにようやく着床したのだから、人間の場合も簡単ではない。しかし羊でできたことが、同じ哺乳動物である人間でできない理由はない。ここで問題になるべきは倫理であって、技術ではない。

しかし、この方法によって創れるものは同じ性のクローンだ。聖書の記述に沿って述べれば、男性であるアダムの乳腺の細胞核を用いてこれを分裂させ、何かの子宮で増体させてクローン人間に成長させてしまったとしたら、生まれ落ちてくる赤児はアダムのクローン、つまり男性ということになる。ところが旧約聖書では、男性ではなく、女性のイヴが生まれている。すなわちこのエデンの命題は、「男性の乳腺細胞からクローン女性を創れるか」、さらに言えば「男性の細胞から女性の臓器は創り得るのか」、という問いかけになる。

子宮内において進行するヒトの発生過程を簡単に説明すると、胎生五週頃に性腺が発生し、七週になるとそれが卵巣、もしくは精巣、どちらかに分化する。男性の細胞核を使えば、必ず精巣を作ってしまう。ゆえにエデンの命題とは、男性の細胞核から出発して創るクローン人間に、卵巣という臓器を持たせることは可能か、という問いかけになる。

この問題はティアが詳しい。彼女は中学生の頃からフェミニストとしての思想を持っていたそうで、女性性の問題や、生殖についての本を読み漁っていたらしい。もっとも高校生の時代、よく同性の生徒と深刻にぶつかったこともあり、現在はもうフェミニストではないと公言しているが。

彼女によれば、この時の分化に決定的な役割を果たすのが、Y染色体上にあるSRYという遺伝子なのだそうだ。これは「男性化決定因子」とも呼ばれる。このSRY遺伝子を持っていると性腺は精巣に分化し、SRYがなければ自動的に卵巣に分化するという。これ以降、つまり精巣や卵巣以外の各生殖器官の発生は、精巣から分泌される男性ホルモンの有無によって決定される。男性ホルモンがあれば精管やペニスが作られていき、なければ子宮や膣が現れる。

ティアによれば、ヒトの基本形は女性で、男性化決定因子、SRYがある場合にのみ男性ホルモンが現れ、男性が出現するそうだ。なければ自動的に女性になる。つまりSRY遺伝子こそが男性化、女性化の分岐点に位置する一本のキーということになる。

そういうことならば、アダムの細胞からの発生であっても、このSRYの働きさえ止めれば、性腺は卵巣に分化する動きを始めるという理屈になり、イヴは生まれ得ることになる。ではこれは可能なのか——? ティアは可能だと言う。

現在はまだ研究中なのだが、ＳＲＹの働きを停止させるには、候補として複数の道があるらしい。ひとつは染色体からＳＲＹを切り出してしまうこと。もうひとつは、遺伝子操作したＲＮＡを使い、ＳＲＹ遺伝子の発現を抑制する。将来はさらに研究が進み、もっと確実な方法がいろいろと現れるだろうが、こういう方法によって、男性しかいなかったエデンの園に、女性は現れ得る。

ただし、これで問題はすべて解決かというと、そうではない。このようにして男性から女性は現れ得る。しかし出現したこの女性が、自身の卵巣で成熟した卵子を作れるかというと、ことはそう簡単ではない。女性の性染色体はＸＸで、男性はＸＹだ。この手法では、イヴの性染色体はＸＹのままということが考えられ、これでは成熟した卵子が作れない。

Ｘ染色体が一本しかない染色体異常の女性を「ターナー症候群」と言う。これは卵巣はあるものの未発達で、不妊症を発症する。ただし子宮はあるので、受精卵の提供をほかから受ければ、妊娠することはできる。むろんそのまま赤児を成長させ、出産もできる。

ＳＲＹ遺伝子の働きを抑えただけでは、ターナー症候群の女性を創り出す結果になるので、営々と子孫を生み続け、人類の始祖となっていくイヴとしては、まったく不充分な存在だ。イヴを堂々たる人類の母とするためには、彼女に自力で成熟した卵子を創らせる必要があり、そのためには彼女の性染色体を、どうしてもＸＸとする必要がある。

では男性から女性を創り出すことは絶望かというと、まだ可能性は残る。未受精卵には、余分な染色体があれば自発的に染色体を吐き出し、正常な染色体数に戻す自己調整能力があるので、これを利用するという方法である。

　人為的に細胞分裂を制御し、染色体が二倍になる状態にしておき、余分な染色体を卵に吐き出させて、たまたまX染色体が二本残ることを期待するという方法だ。しかしこれは必ずしもうまく行くとは限らず、安定した成果をあげ得るためには、染色体を直接操作する、染色体工学の成熟を待つ必要がある。

　もうひとつ命題がある。アダムのクローンからイヴを創り出すことはなんとか可能だが、それにしてもこれを育てる子宮が必ず必要である。エデンの園にはアダムしか存在しなかった。女性がいないのだから子宮がない。これを解消する方法は、たとえば牛、豚など、他の哺乳動物の雌の子宮を使うことだ。アダムの細胞核を、中身を抜いた殻に入れ込んだ卵子を、そういった動物の子宮に入れて着床を待ち、増体させて出産させる、これがひとつの方法だ。これはミトコンドリアがその動物のものになる不安はあるが、可能なことではある。

　しかしこの方法は、あまり聖書的という感じがしない。旧約聖書の文脈からは、他の動物の力を借りているような気配はない。では男のアダムが単独で妊娠出産を成し得るか——？　これも可能だとティアは言う。

　基本的には子宮外妊娠と同じだが、アダムの横行結腸と呼ばれる、大腸の一部から垂れ下がる大《だい》網《もう》というヒダ状の組織で胎児を被う。このようにすれば、腹腔内にむき出しで胎児を存在させるわけではないから、増体の進行は安全となる。

アダムのクローン胚から、分化誘導因子と性ホルモンを用い、クローン臓器製作の手法によって子宮を分化させ、さらにこの中に卵を着床させてからこの大網組織内に入れ戻せば、妊娠はさらに安全裏に進行する。この子宮はアダムの細胞から誘導したものなので、拒絶反応の心配はない。増体が進み、出産すべき時期が来たなら、帝王切開によって赤児を取り出す。このようにすれば、他の哺乳動物の力を借りずに、イヴはエデンに出現する。

ティアがそんな説明をしたのは昼食後のカフェで、同じテーブルには高校時代の教師もいた。ティアが説明を終えると彼女は顔をしかめ、このような知識が、あなたたちにとって有意義とは思えないわと言い、ついと席を立って行ってしまった。ティアは両手を広げ、ぼくに向かって肩をすくめたが、アトピー・エデンの先生たちには、このような反応を見せる人は多い。多くはクローンの問題を毛嫌いし、倫理観とのすり合わせ議論さえ嫌う。彼らにとってこれは、議論以前の神の領域なので、触れるべきではないと考えている。教師、教授陣の全員、敬虔なカトリックか、ユダヤ教の信者なので、強い信仰心から、まだ勉学途上にある未熟な若者が、聖書の記載の正当性を気軽に論じることには、強い抵抗感が来るのだろう。

ぼくはティアといつも一緒にいた。だからティアが興味を持っているテーマ、そしてその領域の驚くほどの専門知識の深さに毎日感心した。アスペルガーに特有のこだわり心の成果だ。

ティアは糖尿病だから、常時「メドトロニック」というインスリン・ポンプを体に装着している。これは手のひらに載るくらいの小さな箱形の機械で、この中にはインスリンのカプセルが装塡されている。

　箱からは小さな、柔らかいプラスティックの針が出ていて、これを自分でおへその脇の肌に刺す。これは自分でやることもできて、痛みはないのだそうだ。たまたま彼女の部屋に行った時、お腹を出して、実際にやって見せてくれた。

　そんなふうにしておくと、食事のたび、その内容や量に応じてコンピューターが適量のインスリンを算出し、体内に入れてくれる。これによって、ティアは体内の血糖値を一定量に保つことができ、安定した日常が送れる。この機械の登場によってティアは、少量ならケーキも食べられるようになった。

　この機械はすぐれもので、防水だから装着したまま水泳もできるし、テニスだってできる。バスケットボールだってきっとできるだろう。もっともティアは、バスケットはやらないが。

　通常の単三のバッテリーで作動するから、これは施設内の売店で買える。ティアはヒステリー体質だと、子供の頃から周囲に見なされていたらしいが、この機械を付けることによって精神が安定し、感情の起伏が少なくなった。よく眠れるようになり、疲れにくくもなったし、食欲も出た。だから糖尿病の症状は快方に向かっている。

　ティアの糖尿病は、歯周病が引き金になったのだということだ。だから歯科医にも月に一度から二度、通っている。歯科医の設備は施設内にはまだないから、これは外の街に行かなくてはならない。歯科医の予約日には彼女の叔父が車で連れにきて、彼女をラス・ヴェガスの歯医者に送り迎えする。こっちももう快方に向かっているそうだ。

ぼくらはたまに、並んでティアのベッドに横になる。そして彼女からそんな話を聞く。キスはしたが、それ以上のことはしていない。ぼくもティアも、そんな気分にはなったことはない。

暑い頃なら、二人とも上半身裸になることがある。その時ティアは、背中にある大きな横一文字の傷を見せてくれた。腫瘍が発見されたから、以前に膵臓を取ったのだという。それでティアは、いよいよ完全にインスリンが出なくなった。

「ぼくもあるよ」

とぼくは言った。ぼくもお腹の右側に、縦方向に大きな傷跡がある。これは腎臓を片方摘出したのだ。病名はなんとかかと医者は言っていたが、もう忘れてしまった。癌ではなかった。自分では格別、痛みなどの自覚症状はなかったので、摘出と聞かされてずいぶんと驚いたものだ。

「私たち、境遇が似ているんだね」

とティアは言う。

「うん」

とぼくも言った。親がいないこと、アスペルガー症候群で、一般からは疎外されて育ち、以前の学校ではずいぶんひどい目に遭い続けたこと、そして親戚から見放されて、このアスピー・エデンの園に、いわば追放されたこと——。そのくらいだと思っていたが、この日、体に大きな傷痕があって、臓器をひとつ摘出していることまで同じと知った。

「ぼくら、臓器がひとつずつないんだな」

ぼくは言った。

「うん。でもあなたは腎臓、腎臓はふたつあるからそのままでも平気。私は膵臓で、これはひとつしかないから、インスリン・ポンプが必要になったのね」

「ああ。でも『メドトロニック』があったからよかったじゃないか」

ぼくは言った。

「そうね、この機械、もうすぐ腕時計の大きさになって、手に塡《は》められるんだって。バングルみたいに」

「ふうん、そうなるともっと快適だね」

「そう。今は機械が邪魔で抱き合えない。だけど腕時計なら支障はない」

「うん。アスペルガー・ディスオーダーで社会から浮いたけど、そうしたらアスピー・エデンがあった」

「それで私たちは出逢えた。本当にラッキーよね、私たちは」

「そうだね」

ぼくは言った。本当にその通りだと思ったのだ。その時までは。

4

それからしばらくして、ティアの姿が消えた。何日経っても、ティアはアスピー・エデンに帰ってこなかった。ティアの部屋に行ってみても、ドアにはずっと鍵がかかっている。

アスピー・カレッジの教授に尋ねてみたら、膵臓の手術で入院したと言う。叔父からそういう報告が出ているという話だった。しかしティアにはもう膵臓はないのだ。今さら何を手術するというのか。

ティアはもう帰ってこないのかもしれないと、学友たちは言っていた。しかしティアが、ほかの友人たちにはそうでも、ぼくにまで何も言わないで消えるはずはなかった。ぼくらは一応恋人同士だった。決してぼくだけでなく、ティアもそう思ってくれていたはずだ。

ぼくは、外の高校にいた時と同じように、また独りぼっちになった。ぼくには訪ねてくる親戚はいないし、アスピー・エデン内に、友人はいるけれど、真に親しい者はいない。NASAのサイトを見ての研究も、タイタンについての勉強も、だんだんに身が入らなくなった。ティアがいたからぼくはこのコミュニティに希望を見いだせていた。彼女に報告したくて、ぼくは勉強しているようなところがあった。彼女がいなくなっては、またアスペルガー障害者の苦しみに逆戻りだった。

ぼくがカフェ・ラテをトゥゴーして、オレンジの木の下で飲んでいる時のことだった。いきなりあたりが日陰になった気がして、ぼくは顔をあげた。すると、仕立てのよいスーツにピンクのネクタイをした、いかにもホワイトカラーといった風体の紳士が、ぼくの前に立っていた。背が高く、均整のとれた体をしていた。

「ザッカリ・カハネさん？」

彼はそう尋ねてきた。

「そうです」

ぼくが言うと、彼は膝を折り、ぼくの横にしゃがんだ。

「ボブ・ルービンです」

彼は言って、握手の手をさしのべてきた。ぼくは握ったが、あまり歓迎したい気分ではなかった。一人でティアのことを考えていたかったのだ。ティアの病気のこと、彼女が言ったクローンのこと、SRY遺伝子のこと、これの働きを抑えて、クローンの女性を創ることの可否、要するにエデンの命題全般について、考え続けていたかったのだ。ぼくは俗事が苦手だ。思えば頭痛がする。でもそういうことを考えていると、何故だか気分がよかった。いつまでもそうしていたいと思うのだ。

「横にすわってても？」

ボブ・ルービンは言った。

「いいけど、スーツが汚れますよ」

ぼくは言った。

「歓迎じゃないかね？」

彼は言い、ぼくをじっと見ていた。そして、

「君に話があるんだ」

と言った。

しかしぼくは返事をしなかった。正直にいえばその通りだった。ぼくは一人でものを考えていたい気分だった。だから人が集まりそうなベンチも、テーブルも避けていた。同じ芝生でも、人がすわりやすい噴水やプールが見える場所でなく、人がまず来ないような隅にすわっていた。

彼はぼそりとこう続けた。

「話というのは、ティア・ケプルタのことなんだが……」

それでぼくは、びっくりして彼を見た。

歳の頃は四十代後半だろうか。額や目尻にちょっとしわがあり、鬢《びん》のあたりの髪は白くなっている。唇は厚く、ひと癖ありそうな風貌だった。

「横にすわってても？」

彼は微笑しながらもう一度訊いてきた。その笑いには、これなら文句はないだろうというような、一種の勝利感が感じられた。今度は愛想よく頷くというのも悔しかったから、

「あっちのベンチに行きますか？」

とぼくは提案した。彼の上物のスーツのために言ったのだ。

「何、かまわないさ」

彼は明るく言い、ハンカチも敷かず、芝生にお尻を落とした。

「ティアについて、何か知っているんですか？」

すると彼は、笑顔を消して頷く。

「ティアとはどういう……？」

「私は弁護士です」

彼は言って、名刺をさし出した。見ると、彼の名前とオフィスの住所、電話番号が印刷されていた。通り名は、ラス・ヴェガス・ブールヴァード沿いとなっている。

「ティアの弁護士？」

「彼女のってわけじゃないが、古い友人でね」

ボブ・ルービンは言った。

「ティアは今どこに？」

「彼女はもう帰ってこないよ」

弁護士は言った。

「どうして、まさか……」

「うん？」

「死んだっていうんじゃ……」

「そうでないことを祈っている。だが、楽観はできないな」

彼は言った。

「叔父さんに訊けば……」

「彼も消えた」

弁護士は言った。

「では、誰の依頼で動いているんです？」

「内緒なんだが……」

彼は考え込むようにしていたが、言った。

「彼女の前いた学校の関係者なんだ」

そして彼は、白い小さな封筒をスーツの内ポケットから抜いて、ぼくにさし出した。受け取り、見ると「ザッカリへ」と表にある。裏を見ると「ティア」とあった。かすかに見覚えがある、彼女の筆跡だった。

「これはどこで？」

「彼女はしばらく入院していた、ラス・ヴェガスのサイナイ病院に。その時見舞いに行って預かった。その後、彼女はすぐにいなくなった。だから君に渡さなくっちゃと思ってね」

「彼女はどこに行ったんです？」

「解らない。誰も知らない」

「とにかくありがとうございました、わざわざ届けてくれて」

ぼくは言った。

「いやいいんだ。じゃこれで。何かあったら、そこに電話をくれないか」

言って、弁護士は立ちあがった。

彼が駐車場の方に去っていくのを見てから、ぼくはティアからの手紙を開封した。封筒自体は薄い、それなのに妙に重いなと思ったら、鍵が出てきた。タッグの類は付いていない、ただ裸の鍵だ。便箋を広げると、手書きの走り書きがこう告げていた。

「このキーで私の部屋に入って。私のPCにメイルを入れておいたから読んで。ティア」

ぼくはすぐに腰をあげ、芝生を横ぎって、ティアの部屋がある寄宿舎の棟に向かった。向かいながら考えた。ティアは何故、ぼくのアドレスにメイルして来なかったのか？

しばらく考えていて、なんとなく解った。ぼくは部屋に鍵をかけていないことが多い。だから誰でも入れる。むろんそうは言っても、入って来そうな人間にＰＣのパスワードを教えてはいないが、ぼくの場合は単純に前の学校の名前にしているから、その気になればパスの見当がつく。

　まあそれとも単純に、ティアは自分のラップトップを持っていかず、ぼくのアドレスを忘れたのかもしれない。それとも持ってはいったが、ＰＣのアクシデントでアドレスが消えたのかもしれない。

　ティアの部屋に行った。ノブに鍵を挿し込んでみると、間違いなくティアの部屋の鍵だった。部屋に入ると、よく片づいている。ティアはきれい好きで、部屋の整頓にうるさかった。何がどこにあり、それがどんな角度で置かれていなくてはならないか、彼女はそういうすべてを決めていた。

　格別変わった様子はない。ベッドもきれいだ。だからこれは、彼女が自分でこの部屋を出ていったということだ。無理に連れ去られたわけではない。そして、帰ってくるつもりでいた。

　ここで並んで横になった時のことが思い出され、たまらない気分になった。ティアは本当にもう帰ってこないのか？　死んでしまったのか？　ああいう楽しい時間は永遠に去ったのか？

　ティアとの親しいつき合いはまだ一年程度だ。彼女がアスピー・エデンに来てからはもう三年以上の時間が経つけれど、しばらくの間は知り合いというほどにも親しくなかった。ある時期急激に親しくなって、恋人同士になった。別に何があったというわけでもないのだが、互いに似ていると解り、急に惹《ひ》かれるようになった。

　パソコンを立ちあげた。パスワードの入力欄が現れた。彼女のデスクトップのパスは知っている。

彼女が積極的に教えてくれたわけではないのだが、ある時恐竜の話をしていて、北米に生息していた小型恐竜で、自分が一番好きな恐竜があると言い、それは「EDAPHOSAURS」だと彼女は言った。この小型竜は背中に日本の扇みたいにきれいな背びれがあるのだと言い、ついでにこの竜の名前、「EDAPHO」が自分のPCのパスワードだと、口を滑らせたのだ。

パスワードを打ち込んで受信トレイを開きながら、ぼくはあたりにティアのラップトップを探したが、見あたらなかった。持っていったのだろう。「ザッカリへ」という、ティアが自分で入れたメイルが、サーヴァーから届いた。意外にもごく短い文面だった。

「キッチンのシンクの上の開きの一番右を開けて。その右の端に木箱が入っています。キーはデスクの抽出しの一番上。このメイルは読んだらすぐに削除して。ティア」

送信者のアドレスを見ると、見たこともないものだった。どこか他人のものか、それともネット・カフェか。

抽出しを開けると、一番奥の書類の下に、確かに小さな鍵が入っていた。これを持ってキッチンに行き、シンクの上の開きの、一番右を開いた。すると、右端に木箱が見え、降ろして蓋に手をかけると、確かに鍵がかかっている。抽出しから出したキーを挿し込んでひねると、ロックがはずれる軽い手応えがあった。

蓋を開くと、銀色のピストルが入っていたから驚いた。自動式のベレッタ・クーガーだった。弾倉を抜いてみると、弾はぎっしりと充塡されている。

銃の下には小さな紙片があり、これに「MICROSOFT ENCARTA」という文字が走り書きされていた。意味が解らず、リヴィングに取ってかえし、「ザッカリへ」のメイルを受信トレイから削除した。慎重に、削除済みアイテムのホルダーからも消した。そうしておいてPCの電源は落としたが、そのまま部屋を出る気になれず、「MICROSOFT ENCARTA」の意味を考えながら、部屋をうろうろした。

しばらく考え、そうか、これは辞書だと気づいた。ティアの書棚の前に行き、MICROSOFT ENCARTAを探すと、さして時間をかけるまでもなかった。分厚くて大きな本で、しかも背中が真っ赤だったので、すぐに見つかった。

これがどうしたというのだろうと書棚から抜き出し、重いから抱えてぱらぱらとやっていたら、ある個所で自然にページが停まった。そこに、白いフロッピーがはさまっていたからだ。

フロッピーを摘みあげてみると、「The Proposition of Eden（エデンの命題）」と小さく書かれていた。

5

ティアの部屋から持ち帰った「エデンの命題」のフロッピーを、ぼくは自分のPCに入れて開いた。ずいぶん長い文書のファイルだった。

「Dear　Zachary」といって、その文書は始まっていた。

ディア・ザッカリ。

この文書は、非常に恐ろしい内容です。だから、決して誰にも見せてはいけません。それで私は、あんなふうにさまざまなガードを凝らしました。でもザッカリなら、この文書に楽にたどり着いてくれるでしょう。あなた以外の人には、決してたどり着いて欲しくなかったのです。

今から語ることはすべて真実ですが、きっとすぐには信じられないでしょう。それほど驚くべきことです。だから当分は、あなたの胸の中ひとつにしまっておいてください。誰にも漏らしてはいけません。これを書いたのは、あなたの身に危険が迫っているからです。私も、自分の身に危険が迫ってはじめて、このことを知りました。それまでは解らなかった。だからきっとあなたも今、まだ何ひとつ解らないでいることと思います。それでこうして私の方から伝えます。

あなたがこれを読む頃には、たぶん私はもう生きてはいないと思います。この世に生まれ落ちた使命を、終えているのです。そしてこれは、近い将来あなたにも起こり得ます。あなたには、生きて欲しいのです。

あなたと私とは兄妹です。いきなりそんなふうに言うと、驚くでしょうね。これがどういうことか、これからゆっくり説明します。

こういった秘密を知った時、私は気を失うくらいにびっくりしました。私たちが兄妹など、ほんの序の口です。世界にこんなひどいことがあったなんて、本当に驚きです。

アスピー・エデンというのは、アスペルガー症候群の学生たちを集めた教育複合《エデュケイショナル・コンパウンド・》施設《ファシリティーズ》、こんなことは、実は表向きの仮面です。

アスピー・エデンには、アスペルガーの人は多いけれど、本当は別種の障害の人もいるんです。やはり遺伝子の特殊性に起因する障害です。アスペルガーというのはたまたまの結果で、障害があってIQの後退がないなら、それはアスペルガーが多くなるというだけのことです。障害を誘導する遺伝子の特殊性こそが、この問題の核なのです。これが何故起こるのか、そして何故そういう人たちを一個所に集め、理想的な環境を与えると見せて、ひとつのコミュニティ内に隔離しなくてはならないか、それがアスピー・エデンという施設の秘密を語るのです。

アスピー・エデンは、実は教育施設などではなく、ある種の農場《ファーム》なのです。アスペルガーの人たちにとって、最も興味深いものが知識だから、これを与える仕掛けにしてあるのです。モルモットの籠の中に、ヒマワリの種がたくさんあるのと同じです。

ある条件の人間たちを、ある目的のために集め、ふんだんにお金をかけて「培養」しているのです。ある恐ろしい目的、絶対に許してはいけない目的のために。言っても誰も信じないような、おぞましい用途。地上の楽園のように見せているけど、エデンは、実は砂漠に開いた地獄への門なのです。高い金網の塀は、外敵の侵入を防ぐためじゃない、私たちを逃がさないためです。

世界遺産になっているアルジェリアのティムガッドという遺跡のこと、知っていますか？　あれもアフリカ、灼熱の砂漠のただ中に、ローマによって造られた楽園都市です。当時最新鋭の都市機能や娯楽が、偉大なローマによって市民にもたらされましたが、あれもローマにとっては税収のための農園でした。アスピー・エデンも、これからさらに拡張し、ひとつの街になっていくでしょう。そのため、土地がふんだんにある砂漠の中に造ったのです。ティムガッドのように。

アスピー・エデンは、ソルモン・スタンレーという世界企業の莫大な寄付によって運営されています。ソルモン・スタンレーとは、実はロスブラッツ家の出先機関なのです。ロスブラッツという世界一の大富豪のこと、あなたも聞いたことがあるでしょう？　もとは英国の貴族でしたが、家系をたどるとユダヤで、明白に世界支配をもくろんでいます。

二十一世紀の今、バチカンは金融大国にのし上がりました。二十世紀に今日のバチカン株式会社への道筋を創った者は、サンバーナディーノ・ノガルという天才的な投資マネージャーでした。彼はカトリックに改宗したもとユダヤ教徒で、宗教家でもなんでもありません。

ニューヨークの枢機卿スパーマという人物は、かつてノガルに関してこう語っています。「カトリック教会に今まで起こった重大な出来事のうち、イエス・キリストに次ぐものは、サンバーナディーノ・ノガルだ」。

ノガルは一九一三年にバチカンの財産管理局の局長に就任します。そしてラテラノ条約の調印で、ローマ・カトリックの法王庁が得た額面十億リラの整理国債を、運用する権限を託されます。当時のバチカンは、破産の危機に瀕していたからです。

この任にあたるに際してノガルは、時の教皇にひとつの要求をします。自分を一人の銀行家として行動させて欲しいということです。地上にある神の国の法だの、キリストの理想と正義などというようなつまらぬものにはいっさい束縛されることなく、一人の冷徹な銀行家として自分を行動させて欲しい、という要求です。そうすればバチカンを世界に君臨させてみせると彼は豪語し、教皇は約束しました。

第一次大戦によって欧州が大規模世界戦争に向かう際、ノガルはあらゆる軍需産業に徹底投資し、とてつもない財を構築し、約束通りバチカンに莫大な富をもたらします。第二次大戦終盤にいたる頃には、バチカンは巨大な金庫と化していました。そしてバチカンに集うすべての敬虔な、そして高位の宗教家が、ノガルのもとに平伏したのです。それはガリレオを拷問して地動説という誤りを捨てさせたり、多くの魔女を焼き捨てたりした行為に百倍する、キリスト教の勝利でした。

大西洋を隔てた、アメリカ大陸のカトリック・マフィアの頭目も、このノガルです。彼は欧米の大陸を総括し、ヤーハエのように全世界を破壊しつくし、人間の理想観念と正義思想を巧みに操って、彼流の世界制覇に成功しました。金力、権力、情報力こそが、彼の考える三位一体でした。

ローマ・カトリックは、そういう男に財布を握られることによって、ユダヤ人に自在に操られる団体になりました。ノガルこそは、二十世紀カトリックの神でした。

もう一人、シカゴの大司教で、バチカン銀行の頭取を務めたポール・マッケンジーという人物もまた、彼の片棒を担いでいます。この二人に加えたロックフリー一族が、アメリカの金融マフィアの三大巨頭であり、バチカン株式会社、ひいてはカトリック全体を支配した、金融のプロフェッショナルたちです。

ザッカリ、私が何を言いたいか解るでしょう。これが宗教というものの正体なのです。ローマ・カトリックこそが真の道徳、怪しげなブゥドゥー教や、悪魔教とは違う、そう言っていた世界最高の宗教も、その実態はこんなものなのです。彼らは獣です。追い詰められたら、自分が助かるためには何でもします。他人の命など何とも思いません。それが何百万、何千万であってもです。

二十世紀は、戦争と難民の世紀でした。こうした大戦争のすべてが、実はバチカンのマネー・ビルディングと、世界金融市場支配のために仕掛けられた、露骨で雄大な陰謀だったのです。民主主義とファシズムの闘いとか、共産主義と自由主義の闘いなどといった美名に隠れ、大金をかけて互いを殺し合わせ、ノガルとマッケンジーはひたすら巨額な財を構築していきました。世界中から立ちあがった純情な若者たちは、実はこのマネーゲームの代理戦争、ただけしかけられ、頭の狂った闘犬とか、闘鶏として血を流し、命を落としたのです。

けしかけていた者、それがノガルとマッケンジー――？　そうではありません。彼らもまた、ある組織の手先でした。ローマの外にいた真のバチカン教皇、それがロスブラッツ家です。ノガルは巧みに証拠を消していますが、ロスブラッツ家からの厚い信任を得ていました。

ユダヤ人のノガルが、バチカンの財産管理局の局長に就任すると同時に、バチカンは彼を通じてロスブラッツと金融取引を始めます。これによってバチカンは深刻な財政危機から見事立ち直りますが、ノガルに支配権を握られることになります。そしてこのノガルに圧倒的な影響力を持っていたのがロスブラッツ家で、つまりローマ・カトリックは、ノガルを通じてロスブラッツ家の支配下に組み込まれ、結果として「ユダヤ教カトリック支部」となったのです。そして敬虔な聖職者たちは、ロスブラッツの足もとで、世界中をむさぼり食らって私腹を肥やす、ただの獣と化したのです。

旧約聖書こそを史上の聖典とし、世界をエデンの園の理想に引き戻すこと。世界を創造した神に選ばれた唯一の民、そしてイエス・キリストを産み落としもした栄光のユダヤ民族が、再び世界に対して統帥権を行使し、ユダヤ教から発したすべての思想、宗教を配下に置く。とりわけユダヤ教の産み落とした子供であるキリスト教の再教育、これがロスブラッツ家が使命として自らに課した、彼らにとっての「エデンの命題」でした。

ロスブラッツこそは、ユダヤの中のユダヤです。

もともとの始まりは、ドイツのウィルヘルム九世の時代の宮廷御用達のバンカーで、税徴収業務を一手に引き受け、戦費を貸しつけたり、軍需品の調達を生業としていた一族です。ドイツ政府からいち早く情報を入手できる立場にあったため、以降ヨーロッパの金融界に特権的に君臨し、事業を際限なく拡張させて、空前の金満家になります。

こういう史実からヒトラーはユダヤ人を嫌悪し、彼一流の正義漢から寄生虫ユダヤ人を殲滅《せんめつ》しようとはかりますが、しかしそうしたプロジェクトを推進する費用もまた、ロスブラッツの財産を借りなくてはなりませんでした。このような背徳的な事業に二つ返事で手を貸す金融家など、ロスブラッツ家以外にあるはずもなかったからです。

ヒトラーの時代、ロスブラッツ家は、もう一介のドイツの独裁者程度の力では解体など及びもつかないくらいに巨大化していました。ナチス・ドイツから莫大な教会税を受け取り、ヒトラー支持を公言していたバチカンのピウス十二世は、その背後では、ユダヤのシオニズム運動を支援していました。これもロスブラッツ流の現実的なやり口です。いかに当時のバチカンが、ロスブラッツから多くを学んでいたかを語ります。

ナチのユダヤ人絶滅政策のための予算、またその後のユダヤ人自身によるシオニズム運動の推進、さらには行動の成果として、シオンの丘でのイスラエルの建国、そのようにしてできあがった小国イスラエルに、異様なまでに軍事的肩入れをするアメリカ、すべてはロスブラッツ家がらみの金銭によって実行されました。

それだけではありません。バチカンのシシリー島への影響力から、シシリー系のマフィアも、シカゴのゴッドファーザーも、すべてロスブラッツの影響下にありました。ロスブラッツは、こうしてバチカンやローマだけでなく、世界中を巧みに獣化し、流血によって支配の構造を強めたのです。傷ついた彼らを癒す、全米最高最大の医療施設サイナイ病院のチェーンもまた、ロスブラッツの手によって全米に展開しています。

マンハッタン南部、金融の中心地ウォール街の「壁《ウォール》」は、ユダヤの影響力から身を守る壁だと、二十世紀に入ってからはさかんにささやかれます。ロスブラッツこそは二十世紀の神であり、世界を支配し、戦争の子供たちは、すべて彼の御許《みもと》で、彼の金を使って踊っていたのです。

近頃イラク戦争に向け、バチカンの教皇が誠意あふれる手紙を書きました。あれこそは最大の茶番です。バチカンは、常に外部の軍事勢力の影響下にあり、その軍事勢力に隠然とした影を落とす者がロスブラッツです。バチカンの莫大な資金は、その一部はロンドンに流れ、一部はアメリカのロックフリーに流れ、最も多くがロスブラッツに流れ込んでいます。

そしてこれらのグループが共通して欲しがってきたものが、今私たちがさかんにそう呼ぶ「グローバル・マネー」です。排他的少数集団が各々弱体化し、さらに統合されたこの惑星を、彼らがうまうまと支配しようとしています。その支配層のリーダーは、伝統的にロスブラッツの者でした。だからロスブラッツ家のリーダーは、かならず優秀で、カリスマ性がなくてはなりません。そうでないと、ユダヤ世界支配の構図がくずれるからです。

ファシズム、ナチズム、独裁主義、共産主義、社会主義、合衆制、議会制民主主義、神権制、絶対君主制、グローバリズム——、これらはすべてただの言葉であり、ダミーです。それらすべてを超越し、支配しようとする冷酷な集団が、背後にいます。平和主義化の陰で肥大化する各国官僚機構の背中にぴったりと寄り添い、彼らの袖を持って動かしています。

何のイデオロギーも持たずに——? そうではありません。彼らは明解なものを持っています。一般からそう見えるのは、「エデン」を知らないからです。ユダヤの一局支配です。一神教は、結局は愚劣な唯一絶対権力を渇望します。

ロスブラッツはユダヤ教徒です。彼らの敬虔な信仰心と、それゆえの真面目さは、他の宗教人の比ではありません。彼らにある正義は、「エデンの命題」なのです。ユダヤ教徒の唯一の聖典、旧約聖書に示される命題を完璧に具現すべく、彼らは日夜、固い信念をもって闘い続けます。彼らは神によって選ばれた民だから、他民族、他宗教の者が血を流し、苦しむことも、神の御名において傍観が許されます。それが彼らの正義なのですから。

　ソルモン・スタンレーは、ロスブラッツと血縁関係にあるユダヤ人の同族会社です。完全にスタンレー一族のみで固めた、世襲による独占企業です。ユダヤ人種の利益を最優先に、ロスブラッツとともに、世界支配に参加する考えでいます。でも実のところはスタンレー家系の繁栄を最優先に考えており、この一族が世界で最も優れた種と考えて、自分らが世界のリーダーシップを取るべきだと信じています。

　婚姻は、スタンレー家の血筋か、ロスブラッツ家の血筋、すなわち彼らが信じる優秀なユダヤ人とのみ行ってきました。以前は「血を引く者」といった程度の漠然とした考えでしたが、今日ではスタンレーとロスブラッツの系列を示す「ＤＮＡのユダヤ的高級塩基配列」というふうに、具体的に考えるようになってきています。この部分がそうだと、彼らは具体的に塩基配列を示しさえします。これはかつてヒトラーが、アーリア人種の優越性を、身体各部の形態的特徴から具体的に示したことと似ています。そういう塩基配列の傾向を示す、選ばれたと信じる男女同士で、この一族は延々と遺伝情報をやり取りし、子孫を遺してきたわけです。

　しかしスタンレーの一族は、確かに優秀ではありましたが、同族同士での婚姻を厳格に守ったために、肉体的な免疫力が各個体で低下し、膠原《こうげん》病、内臓機能不全症、血友病、先天的な味覚障害の者などが現れるようになっています。中世ヨーロッパの王室がさんざん犯した誤りを、スタンレーの家系の者もまた、犯したのです。

しかし、これは神の命じたことと彼らは盲信しています。ユダヤ的DNAを守らなくては、「エデンの選民」という発想の前提が失われます。

最近スタンレーの者たちには臓器の不全が多くなってきていて、癌や腫瘍も増えています。そこで彼らは、一族の重要人物が各種の病で倒れた際は、他人からの臓器移植によって延命をはかろうと考えました。そこで移植用臓器調達の、巨大なシンジケートを、アジア、アフリカを中心に構築もしました。これはほぼ完成し、莫大な富もあげ始めていたのですが、この臓器移植の方法は不完全です。ザッカリはもう知っていますね？　以前に私が話したことがあります。「拒絶反応」です。

他人の臓器を不用意に体内に入れれば、免疫機能がそれを異物の侵入とみなして攻撃し、滅ぼしてしまいます。これが拒絶反応です。拒絶反応には大きく分けて三種類あります。反応が起こる時間の長さで分けています。慢性拒絶反応、急性拒絶反応、超急性拒絶反応の三種です。

急性拒絶反応とは、臓器の移植後、一週間から三カ月以内に現れるものを言います。慢性の拒絶反応は、三カ月経過後です。これは他の人間の臓器を、別の人間に移植した場合の現象です。しかし、豚など動物の臓器を人間の体内に移植したような場合、拒絶反応は激烈なものになります。数分で血管の穿孔、血液の凝固が起こり、動物の臓器は即刻機能しなくなって、その人間の生命も危機に瀕します。これが超急性拒絶反応です。

豚の臓器をヒトの体内に入れた時に引き起こされるこの超急性拒絶反応の原因は、豚の臓器を構成する細胞の表面にある、「α-ガラクトース」という物質にあるとみなされています。

二〇〇二年にイギリスのバイオ企業、PPLセラピューテクス社が、このα-ガラクトースを細胞表面に付加する酵素を作る遺伝子を、取り除いた豚を作ったと発表しました。これが大きなニュースとなり、世界中で物議をかもしました。この豚が、人間への臓器移植を視野に入れて開発された豚だったからですが、ユダヤ人にとって豚は忌避の対象で、臓器移植の対象としてなど、夢想だにできない存在だったからです。

またそれにα-ガラクトースの排除は、超急性の拒絶反応を抑える効果があるというだけで、これを除いても、急性や慢性の拒絶反応を必ず抑えられるという保証はないのです。

そこで出てくる考え方が、MHC遺伝子です。MHCというのは「主要組織適合性抗原」、つまり拒絶反応を制御する遺伝子のことで、将来ある患者に、腎臓移植の必要性が確実に予想できるような場合、初期胚の段階にある豚に、レシピエント（受け入れ者・患者）と同じ型のMHCを前もって移植しておく。さらにα-ガラクトースを作る酵素の遺伝子も取り除いておく。その患者がいよいよ腎臓移植の必要な段階にさしかかったなら、その頃は成長しているだろうこの豚を解剖し、腎臓を摘出して患者に移植しても、拒絶反応はきわめて現れにくいということになります。

しかしこれは「現れにくい」ということであって、絶対に現れないということではありません。免疫抑制剤の適用は、常に考慮されていなくてはなりません。

そうなら、やはりここで考えられるべきは、人から人への臓器移植の際の拒絶反応を消す方法です。人から人へなら、レシピエントとドナー（臓器提供者）間の条件をある程度整えるならば、拒絶反応は「慢性」のレヴェルに抑えられます。けれどもその場合も、免疫抑制剤やその他の薬を生涯に亙《わた》って呑み続けなくてはならなくなり、薬の副作用による眩暈や肥満、また免疫力を落としているのだから、当然感染症やその他の深刻な病を体から撃退できにくくなって、苦しい後半生を強いられます。

そこで考えられたのがクローン臓器の培養です。先の、腎臓移植の必要性が確実に予測できる患者のケースで言うと、患者自身の乳腺か皮膚の細胞からＥＳ細胞を取り出し、これを卵子から核を抜いた殻に注入して、分裂を開始させる。胚盤胞という段階にまで進んだら、インナー・セル・マス、つまり内部細胞塊に位置する細胞集団を取り出してきて、プラスティックの皿で培養を始める。これがさまざまな臓器に分化が可能な、ＥＳ細胞というものです。

後はこれにさまざまな刺激を与えて分化を推進させ、人体ではなく目的の臓器単体に――このケースではそれは腎臓ですが――これに導いていきます。こうして作った腎臓なら、患者自身のものなので、拒絶反応はいっさい起こりません。

ところが、この理想的臓器移植を実現するクローン臓器の研究は、現在すっかり行き詰まっています。ＥＳ細胞の樹立がきわめてむずかしいし、増殖因子や分化誘導因子の特定も困難です。世界中のどの学術雑誌にも、クローン臓器が完成したという報告はまだ現れません。

すでに樹立した他人のＥＳ細胞にレシピエントのＭＨＣを遺伝子導入し、腎臓に導くという方法も同様です。この方法によっても、完璧ではないものの拒絶反応がきわめて起きにくい腎臓は創り出せます。しかし樹立まではなんとかできても、分化誘導因子が特定できない現在、この方向でもクローン臓器は作れません。

もうひとつの方法は、人間の内臓を持つキメラ豚とか、キメラ牛を作ることです。牛や豚の初期胚の段階でレシピエントの胞胚を混ぜてしまい、牛や豚の体を容器にして、胎内にレシピエントの内臓、この場合はクローン腎臓を培養してしまい、患者が必要な段階に達したら、この動物を殺して中から腎臓を取り出して移植しようという試みです。

画期的とされたけれど、移植用内臓を持つキメラ動物も、いっこうに完成したという話を聞きません。胞胚のどの部分が内臓で、さらにそのうちのどこが腎臓に分化するのかも、まだ充分に突きとめられていません。つまりは、こうした方法はあまりにもむずかしく、もうこのアプローチでは成功はおぼつかないのではと、フィールドではささやかれはじめています。

ところが、ここに非常に簡単で、成功することがはっきり解っている方法があります。倫理的に、絶対に許されることではないので、誰もが避けています。しかしタブーをあえて冒すなら、現在の技術の範囲内で、確実に、完璧なクローン臓器が作れる、そういう方法があるのです。

それは、人間のクローンを作ってしまうという方法です。これなら今の技術でも簡単にできます。

簡単というのは少し違いますが。着床するまで何百回というトライが必要で、容易ではありませんが、いつかは必ずなし得ます。

方法を具体的に言うと、将来腎臓移植が想定される患者から乳腺の細胞を取り、核を抜いた人間の卵の殻に注入し、お金で妊娠出産を請け負ってくれる女性の子宮に入れて、着床を待ち、そして出産させればよいわけです。

患者がいよいよ腎臓移植が必要な段階に達すれば、その頃には成長しているであろうクローン人間から腎臓を取り出し、患者に移植すればよいのです。そうならこれは、レシピエントにとっては自分自身からの移植と同等なので、拒絶反応はいいっさい出ず、また術後も免疫抑制剤を使う必要がありません。完璧で確実な臓器移植が完成します。

要するに先の豚が、人間になったということです。

そもそも臓器ひとつのみをプラスティック皿に創るなど、到底無理な相談です。体という容れ物があってはじめて内臓という中身も現れます。研究者たちは、クローン人間だけは避けなくてはならないから、みんなここを迂回し、臓器単体製作に挑んでは失敗を続けています。これは永久機関を夢見るようなもので、未来永劫完成しない実験なのです。

ここまで説明してきたら、賢明なあなたならもう解ったのではないですか？　臓器移植用に創り出されたクローン人間、それがザッカリ、あなたなのです。あなたはもうすでに右側の腎臓を盗られていたでしょう。病気なんて真っ赤な嘘です。レシピエントに盗られたのです。あなたはドナー（臓器提供者）なんです。移植用臓器の容器として、あなたはこの世に産み出されたのです。

アスピー・エデンという学園全体がそれなのです。学生も生徒も、収容されている者はみんな、ソルモン・スタンレー幹部の誰かか、ロスブラッツ一族の誰かのクローンなのです。だからアスピー・エデンは、クローン臓器培養の農場《ファーム》なのです。クローン臓器単体への分化誘導がうまく行かないので、ついにこういう農場がこの世に創り出されたのです。金満家のエゴイズムと奢りによって。私たちはそれぞれ人間であり、個々人、人格と個性を持っていますが、実は誰かの移植用臓器をお腹の中に抱え、培養している容器生物なのです。

どうしてアスペルガーかといえば、クローンは、決して完璧なコピーを創るものではないということです。二〇〇二年、ドリーを追って世に現れた世界最初のクローン猫は、完璧なコピーだろうというそれまでの常識から、CC、カーボン・コピーと名づけられました。ところがCCは、遺伝子組成をまったく同じくする「もと株猫」とはまったく違う顔、違う柄を持った三毛猫でした。研究グループも、これにはずいぶんと面喰らったはずです。

CCに端的に現れたように、外観をはじめとするクローンの性質を決定するものは、遺伝子の配列だけではないということです。ゲノムに同じ塩基配列を持っていても、そのおのおのにスウィッチがあり、これが入らなくてはその部分は存在しないのも同じです。スウィッチが入る場所によって、発生の形態がまったく異なってくるのです。これは神の回すルーレットに似ています。スウィッチを入れるのは「偶然」という名の神なのです。

遺伝子のどの部分が入力され、発動するかは人間には予測ができません。ましてクローンは、非常に無理な誕生のさせられ方をしているのですから、ゲノムのコピー・ミスや、インプリンティング上の問題点が出ることは大いに予想されます。その結果、病や障害を発動させないという保証はありません。

事実、これまでに公表されたクローン動物は、そのすべてになんらかの故障が出ています。ドリーは関節炎をわずらっていたし、呼吸機能不全で窒息死したクローン動物もたくさんいます。牛のケースで、子宮内での増体中に体が大きくなりすぎ、母親の胎内で死んだという報告が数多くあります。巨大胎仔は、インプリンティングのエラーと言われます。羊のドリーも出生時、体重が少し重かったみたいです。

「インプリンティング」というのは、ゲノムの配列上に、母親由来の情報か、父親由来の情報かを示すためについている「印」のことです。この目安によって個体の発生は、正常に制御されます。しかし体細胞クローンの場合はこの印がないので、遺伝子情報が各所で暴走することがあり、これが巨大胎仔を創っているのではと考えられています。

だからイタリアの医師、セヴェリーノ・アンティノリがクローン人間を創ると公言した時、世界中の研究者たちが猛反対の声をあげました。経験者はクローン動物たちの現状をよく知るからで、未解明の部分が多すぎる現状で人間のクローンを創ることは、医師がわざわざ不治の病の患者を創り出すことになるのがあきらかだったからです。

アスピー・エデンに暮らす私たちを見ると、はたしてその通りだったと実感します。ひそかに創り出された私たちクローン人間を見わたせば、みんなどこかに深刻な病や障害を抱えています。あなたも私も成績はクラスのトップ・レヴェル、だから脳のクオリティや学力は高いのだけれど、アスペルガー・ディスオーダーが発現しました。私の場合はさらにターナー症候群だし、膵臓にも問題を抱えた。クローンにアスペルガーの人たちは多いし、両足の関節が未発達で、先天的に歩けず、車椅子に乗ったままの生徒もいます。

けれど遺伝子のどの部分にスウィッチが入ろうとも、ゲノム上のコピー・エラーや、インプリンティングの消失で私たち自身がどれほど先天性の障害に苦しもうとも、私たちの内臓が、レシピエントの体にとってまったく拒絶反応が出ない、血液型もMHCも完璧に同じ、理想的な移植用内臓であることはあきらかなのです。

本当に恐ろしいことです。ロスブラッツ家とスタンレー家の莫大な富、そして狂的な信仰心があってはじめて、こんな非人道的なプロジェクトが可能になったのです。かつて世界中の人間を嚙み合わせ、軍費を融資して肥え太った人たちだから、やれたことなのでしょう。

けれど両家ともに、旧約聖書のエデンの理想を体現し、ユダヤの民が世界の頂上に立つという理想をめざして闘っている今だから、このような恐ろしいことも許されると考えています。いや、恐ろしいこととさえ思ってはいないのでしょう。すべては神の意志と、責任を神に転嫁しています。

ロスブラッツ家とスタンレー家の重要人物は、ユダヤ民族にとっても重要人物であり、これは全世界にとっても代わりが存在しない重大な人材です。ユダヤ民族は、彼らを中心にすえ、闘っているのですから、そういう人物が生き延びるためには、スペアの内臓も必要でしょう。だから彼らは、神の命令を忠実に実行しているとのみ思い、罪の意識など露ほどもないでしょう。

ユダヤの神は、自分以外の神を信じてはならず、自分の命ずるところをいっさい疑ってはならない。もしも自分が命じたなら、最愛の息子をも、瞬時のためらいもなく炎に投げ込まなくてはならない、そう言っています。神の命は、それほどに絶対なのです。

アスピー・エデンの学生や生徒は、たぶん卒業までは学園施設内に留めおかれるでしょうが、今後は適宜ニューヨークの病院に連れていかれ、内臓を摘出されることでしょう。あなたのように腎臓のひとつだけとか、腸の一部、胃の一部、肝臓の半分とでもいうなら、癌があった、でももう大丈夫、摘出したから、と医師に嘘をつかれ、引き続き生存が許されますが、心臓をあてにされている者なら、それでもう生涯を終えなくてはなりません。そして友人たちには、彼女は進行性の癌だったと説明されるのでしょう。

私たちクローンは、レシピエントに勝手に人生を決められてしまうのです。レシピエントは、ドナーたる私たちの、生殺与奪の権限を握っているのです。こんな理不尽はありません。私たちはまるで最凶悪の死刑囚です。私たちが何をしたと言うのでしょう。私たちがクローンとして生まれてきたという事実には、私たち自身の選択はまったくなかったし、生まれてきた以上は、クローンにも生涯をまっとうする権利はあるはずです。

ザッカリ、こうしてあなたにお手紙を出すのは、あなたの生命の終わりが近づいているからです。現在ソルモン・スタンレーのトップは、わずか二十一歳のユジーン・カハネです。彼は天才といわれるほどに才能があり、思考力も高く、霊感もある人物ですが、しかし生まれついて体が弱く、内臓全般に不全の傾向が出ています。心臓も腎臓も胃腸も弱いのです。

そこで彼の両親は、ユジーンが生まれるとすぐに、内臓のスペアをあらかじめ創っておくことにしました。人間全体のクローンを創るという方法ならば、一九八〇年代から一部の進んだ医師たちには考えられており、まだ是非議論がなかったから、むしろ今以上に迷いがなかったはずです。

ザッカリ、それがあなたです。あなたはユジーンのスペア内臓の、培養用のクローンなのです。ユジーンの内臓が、交換が必要な段階にたちいたったら、あなたはニューヨークに連れていかれ、眠らされて内臓を盗られるでしょう。その後も生きられたにせよ、内臓が少なく、苦しい生活になります。そして心臓を必要とされた時が、あなたの人生が終わる時です。そして、その時は刻々近づいています。何故それが解るのかというと、私です。私の臓器がユジーンに必要とされたからです。

ユジーンは社のトップの家系だから、クローンは一人ではありませんでした。クローンは二体創られたのです。一人はもちろんあなた、そしてもう一人が私なのです。だから私たちは、ひとつのクローン胚から生まれた兄妹なのです。私たちはキス以上のことはしませんでしたが、そういう感情は、もしかするとそうした遺伝子レヴェルの事情とも、関連があるのかもしれません。

私の場合、ユジーンの胚盤胞の染色体からSRY遺伝子を切り出し、SRY遺伝子の働きを排除して、女に創ったのです。しかし染色体はユジーン時代のＸＹのままなので、子宮や卵巣は持っていても、卵子を作れません。だからいわゆるターナー症候群です。

何故女のクローンも創ったのかというと、別にエデンの園のエピソードをそのまま再現したわけでもないでしょう。女の内臓の大半は、女性ホルモンに保護されて、大きな病気が出にくいのです。例えば肺癌など、女性の場合は気管支に近い幹部に発生することはまれです。だから歳を重ねると、臓器によっては、女性のものの方が移植用としては上等というケースも考えられたからです。

ニューヨークのユジーンが、いよいよ倒れたようです。彼は今、ブルックリンのサイナイ病院、二十四階の特別室に入院しています。私の内臓は、彼への移植用にあちこち盗られるでしょう。ザッカリがこれを読んでいる今、私はもうたぶん、生きてはいないでしょう。

問題はザッカリ、あなたです。ユジーンは心臓も悪いと聞きました。しかし心臓となると、私のものはたぶん使わないでしょう。女の心臓は、男の大きな体を支えるには不充分だからです。

そうなら、当然あなたの出番になるのです。あなたの心臓が狙われます。あなただけは生き延びてください、私の分も。もう私の知ることがない、三十代、四十代の生活を、私に代わって体験してください。

そのピストルで、自分の身を守ってください。すぐに身を隠し、なんとしても生き延びてください。そうすればユジーンは死ぬことになり、そうなら、もうあなたの内臓は安全です。あなたの内臓を移植して拒絶反応が出ない相手は、世界中にユジーン・カハネがただ一人だからです。

早くその施設を脱出し、どうか生き延びてください。

Ｌｏｖｅ，　ティア

6

それからぼくは、考え抜き、アスピー・エデンを脱出することを考えるようになった。このままでは早晩ぼくは臓器を取られ、殺されてしまう。ここに残っていた方がよい理由など何もなかった。いろいろなことに執着がないぼくだけれど、まだ死にたくはなかった。勉強したいこと、知りたいこと、ぼくなりに把握したい事柄が山のようにあって、そのためにぼくはアスピー・エデン図書館に通っていたのだから、この仕事の途中で無理に殺されるのはご免だった。エデンの園を出れば勉強は大変だろうが、図書館は外にもある。

ソルモン・スタンレー家もロスブラッツ家も、なんて傲慢なのだろうと考えた。なんて傲慢で、視野が狭く、しかも人として劣った感情の持ち主なのだろう。ジュイッシュの理想社会の実現のためと言うのなら、ぼくだってジュイッシュだ。それともクローンはジュイッシュではないと言うのだろうか。

そしてふと、そうか、と気づいた。彼らにとって、ユダヤ教徒でないものはジュイッシュではないのだ。

ティアの報復というものも、ぼくの念頭にはあった。ジュイッシュの神は、復讐を容認されるのだ。けれど復讐というものは、ぼくにとってはただの言葉であり、概念なのだった。

ティアはぼくにはかけがえのない人間だった。

彼女の代わりは、誰にも務まらないというくらいに、かけがえがなかった。これまでろくなことがなかった人生で、辛さの連続だったけれど、アスピー・エデンに来て、ティアと知り合うことによって、ぼくはようやく生きることの意味が解った。生きるとは、反響なのだ。自分という存在が、誰かの体に鏡像のように映ったり、自分の存在や言うことに影響される相手がいて、この人が怒ったり、笑ったり、それから時には、ぼくの思いもしなかった思考の発展をもたらしてくれたりもする。それを受けてぼくもまた考える。そうやってぼくは、自分がここに生きて存在していることを確認するのだ。人の社会は、そういうからくりになっていた。ようやく解った。

一人きりではそんなことが起こらない。ぼくという存在が発するメッセージは、一人なら、砂に吸い込まれる水のように消えていく。前に立っても何も映らない鏡のように、そうならぼくはここにいないのも同じだ。だからぼくの人生は存在しないも同じだ。ティアを得ることで、ぼくはやっと自分が生き物と確認できた。いなくなった今、再びぼくは、亡霊のように存在しなくなった。

ぼくという人間が完全に生命の保証を得て、しかも殺されたティアの報復もできるという方法は何だろうか。じっと考えたが、ぼくには何も解らなかった。考えるほどに解らなくなった。報復とは何なのか。

ティアがいなくなったことは悲しい。困る。ティアの存在を消した人は憎い。しかしその人への復讐とは、いったい何を意味するのだろう。そもそも報復って何なのか。観念としては解る。しかし、そういう行動の必要性に、実感が湧かないのだった。いくらか考え抜いても、実感が得られないのだ。

　ラス・ヴェガスのサーカス・サーカスに、パヴァロッティという社会学の先生の引率で遊びにいくことになった。ここにはローラー・コースターや、マジックのショウがある。動く恐竜《ダイナソウ》のモデルもある。

　カレッジの学生二人、ハイスクールの生徒二人、それに引率の教授を入れて五人というメンバーだった。サーカス・サーカスはぼくが提案した。このパヴィリオンは、ラス・ヴェガスの街中にある。脱出のチャンスだ。ぼくはポケットに、ティアのピストルと、ボブ・ルービンにもらった名刺を入れていた。

　ローラー・コースターに乗るという段になって、ぼくは一人でトイレに行った。そしてそのまま、出口に向かって全力で走った。

　ラス・ヴェガス・ブールヴァードの舗道に出ると、公衆電話からボブ・ルービンに電話した。彼はすぐに出た。ザッカリ・カハネだと名乗ると、やあザッカリ、とルービンさんはいきなりぼくの名前を呼んだ。

　今ラス・ヴェガス・ブールヴァードにいる、ちょっと会いたいのだと言ったら、ラス・ヴェガス・ブールヴァードのどこかと訊くから、サーカス・サーカスの近くだと応えたら、ではミラージュの正面玄関の前に移動して、待っているようにと言う。そこにじっとしていたら探されて危険だろうから、電話をきってすぐに動いて欲しい、今すぐに迎えの者をやるからと言った。ルービンさんは、こちらの事情をすっかり心得ているようだった。

電話をきり、歩いてミラージュ・ホテルまで移動した。ドアボーイがいる車寄せの端に立っていたら、ＢＭＷのオートバイが、ベンツをかき分けるようにして車寄せに走り込んできた。黒い革のブルゾンの左手に、フルフェイスのヘルメットを通していた。そしてぼくの姿を見かけるとバイクを停め、ちょっと右手をあげてから、手招きした。寄っていくとヘルメットをさし出してきて、かぶるようにと言う。ライダーは全然バイザーをあげず、そしてバイザーは真っ黒だったから表情が見えない。威圧を感じて、言われるままにかぶるのは不安だった。

　かぶったら、後ろに乗るようにと手振りで示す。不安だったけれど、ほかに道はなく思えて、ぼくは跨った。そうしたらいきなり走りだし、ぐいぐい加速して、ぼくは思わず恐怖の声をあげた。サーカス・サーカスのローラー・コースターよりも恐かった。オートバイに乗ったのは、ぼくは生まれてはじめてだった。

　ホテルの車寄せを走り出て、ラス・ヴェガス・ブールヴァードに飛び出した。右折して、先行する車を右に左に縫いながら、一台ずつ追い越していった。ぼくは飛びあがるようにして高まる恐怖感から目を閉じ、背を丸めて小さくなっていた。そしてぼくは、これで自分は死ぬのだと確信した。これはきっと罠だ、こんなふうにしてぼくは交通事故に遭う。救急車《エンビュランス》で病院に収容され、救急治療と見せかけて、実は臓器を盗られるのだ。そして君の臓器はもう破壊されていた、危険から君を救うために摘出したのだ、と医者に嘘の説明をされるのだ。癌に冒されていたというストーリーばかりでは限界がある、たまにはこんな巧妙なやり方もするのだ――。

ぼくは飛び降りて逃げようかと迷った。信号待ちになったらそうしようと決心し、停まるのを待っていた。けれどそういうタイミングは全然訪れなかった。オートバイはまったく赤信号にひっかからなかったからだ。前方が黄色になったら猛然と速度をあげて交差点に突っ込み、バイクを大きく倒して巧みにコーナーを曲がっていく。いったいこの人は何者なのだろうと思った。乱暴だけれど、腕は確かだ。レーサーなのだろうか。

ふと気がついたら、オートバイは止まっていた。目を開けると、裏通りだった。ステーを出し、これに車体をもたせかけて、エンジンが切られた。生きて無事にどこかに着くなど思ってもいなかったから、ぼくは本当にびっくりした。

ぼくは体が震えてしまい、傾いたオートバイから降りることができなかった。ライダーが降り、ヘルメットを脱いでいた。ずいぶん背の高い人だと思った。瘦せて、足が長かった。ヘルメットを脱ぎ、頭を振ったら、ばさと長い髪が降りてきたのでぼくは目を見張った。思わず、じっと見つめてしまった。

「何してるの？　降りて」

高い声が言った。女の人だった。見あげると、じっとこっちを見ていた。

「どうしたの？」

ぼくが降りられないでいると、身を屈め、上体を抱くようにしてぼくを降ろしてくれた。けれど地面に降り立つと、膝が少し震え、しゃがみ込みたくなった。

「あら震えてるのね、なんて可愛いの！」

そう言って、彼女はぼくをちょっと抱いて、額にキスをした。そうされてみたら、彼女はほんの少し、ぼくより背が高かった。

「コートニィ・ブラック。あなたは？」

「ザッカリ」

「そう。ではザッカリ、こっちに来て」

そして彼女は先にたち、オフィス・ビルらしい建物の裏口に、大股で近づいていく。あわてて、ぼくは追った。

「こっちよ、急いで」

言ってコートニィは、すたすたと歩いて、ぼくをエレヴェーターの前まで導いた。エレヴェーター・ホールの向こうはロビーになっていて、ガラスドアの向こうには大通りが見える。

エレヴェーターで七階まであがった。ドアが開くと、グレーの敷物を敷いた廊下があり、これを端まで歩いた。するとボブ・ルービンと書かれたプレートが貼りついたドアがあり、コートニィはぼくにウィンクしながらこれをノックした。中から返事があったので、彼女は開いた。

意外に狭いオフィスで、奥の窓際のデスクにルービンさんがかけていた。ぼくの姿を見ると、立ちあがってデスクの端を廻り、こっちに出てきて握手の手をさし出してきた。

「やぁよく来たねザッカリ。エデンの東にようこそ。さあそのソファに」

と彼は快活に言い、壁際に置かれたソファを手でさし示した。そして自分も歩いていって、先に腰をおろした。

テーブル越しの、彼の向かいにぼくがかけると、ルービンさんがいきなりこう言った。

「エデンの園を逃亡してきたのだね？」

ぼくは頷いた。

「知っていたんですか？」

「何を？」

「アスピー・エデンの秘密についてです」

　すると彼も頷いた。

「ティアに頼まれてね、あれこれ調べたよ。ニューヨークのロスブラッツ家のこと、ソルモン・スタンレー家のこと、そして……」

「クローンのことですか？」

　ぼくは言った。

「そうだザッカリ、その通りだ。地上の楽園エデンの園が、実はクローン臓器培養の農場《ファーム》であったこと。ティアの持っていた知識と合わせて、われわれは事態を洞察した。おおよそは、彼女が以前から考えている通りだったんだけれどね、彼女の推察はおおむね正しかった。ぼくの調査が、それらをすっかり裏づけることになった。恐ろしいことさザッカリ、真の恐怖だ。なんて時代になったんだろうな。こんなことが人の世に実在するなんてね、到底信じられない。おぞましい。人の持つ、傲慢感情のおぞましさだ」

　ルービンさんは言い、溜め息とともにぼくは頷いた。それから、なんと言っていいか解らなかったから、しばらくずっと押し黙っていた。

「このままあそこにいれば、君はいずれ眠らされ、臓器を盗られるところだった、逃げ出してきたのは正解だったよ」

「はい」

　ぼくは素直に言った。自分の置かれた環境が悲しかった。ぼくは今、どうしてここに生き、存在しているのだろう。本来、生まれるはずのなかった人間だ。クローン技術が存在しなければ、今ぼくは、ここにはいなかった。ぼくの親株の人間以外には、誰にも必要とされない人間、求められない人間、それがぼくだ。

そして親株の人間も、必要としているのはぼくという人格ではなく、ぼくの内臓だけなのだ。彼はできれば、内臓だけが欲しかった。ザッカリという人格はまったく要らなかったのだ。しかし内臓を生かすには、どうしても人格という不要添加物が現われてしまう。人格とは、彼にとっては厄介きわまる内臓の付属品にすぎない。もしもぼくが自分の身の安全のため、親株の抹殺を望んだなら、つまりぼくの人格がそう望んだなら、彼は付属物に殺されることになる。なんて皮肉な、狂った世界だ。

「薬殺だ。イリノイだかどこかの、死刑の方法と同じだ。君は冤罪の死刑囚なのだ」

ボブ・ルービンは言った。

「ぼくはどうしたら……」

すると彼は懐からウォレットを抜き出し、中からドル札の束を抜いてぼくに示した。無造作にテーブルに投げ出されたものを見たら、それは百ドル札の束だった。

「ウォレットに入れたまえザッカリ。当座の生活費だよ、金がなくては困るだろう、口に入れるものも買えない。この街には自由にもいで食べていい果物はない。エデンの園の外側は、こういうつまらんものによって動いている。なに、気にしなくてもいい、この金はティアのスポンサーから巻きあげたものだ。ティアの臓器の価格の一部だ」

ぼくはびっくりしてルービンさんを見た。

「ルービンさん」

すると彼は右の手をあげ、手のひらをぼくに見せた。

「ボブでいい、何だね？」

「そんなお金は受け取れません」

ぼくは怒りとともに言った。

「ティアの臓器の料金の一部なんて」

「ティアもそう言うかな」

ボブ・ルービンは即座に言った。混乱してぼくが黙っていると、彼はこう続ける。

「恋人の君には受け取る権利がある。そしてこれは、彼女の遺志でもあるのだ。そうじゃないかね？　君はこれを遣い、彼女の遺志を実現するんだ」

「ティアの遺志？」

「そうだ」

「何です？　それは」

「報復ともいうね、ザッカリ」

ボブは言った。

「報復……？」

「解らないかね？」

ぼくは首を横に振った。そのことがずっと解らないでいたのだ。

「実感できないかね？　ザッカリ。それは君がアスペルガーだからだ。君は社会との関係性の中に生きてはいない。それが、どういうことだか解るかね？」

「いいえ」

ぼくはまた首を左右に振った。

「未来だ」

「え？」

「それは未来の姿なのだザッカリ」

「未来だって？」

「そうさ。君の病は、われわれの社会の未来を示している。神が人格を持てば、報復を発想せざるを得ない。だがそれは報復の連鎖への入口なのだ。血で血を洗う永久運動の端緒なんだよ。君こそが正しいんだ、報復など断じて必要ではない」

ぼくは黙っていた。

「何故と思うかね？　世界はそれによって滅ぶからだ。報復心がある限り、世界はいずれ滅ぶ」

「世界が……？」

「そうだ、ヤーハエはそれを見て楽しむ。ブッダは言った、執着を去れと。しかし中東の神々は言う、報復せよと。そうすれば死後、真珠の街に降臨させるからと。どちらが正しい？　ザッカリ」

「ブッダ」

ぼくが言うと、ボブ・ルービンは笑った。

「ブッダだね。そして正しかったインドはどうなった？　赤貧に沈んだ。病と、行き倒れの地獄に。誤ったロスブラッツはどうなった？　世界を買えるほどの富と繁栄を得た。イソップも顔色を失う風刺劇だ」

「でも今あなたは報復と」

ぼくは言った。するとボブは首を横に振る。

「そうも言えると言っただけだ。俗人どもの言葉を、ほんのいたずらに使ってみただけだ。報復の必要など、どこにもない」

「では？」

「報復の必要はないが、生き延びる権利はある。誰にもだ。父と母の受精によって生まれようと、父の体細胞だけから生まれようと。ゲノムにインプリンティングがあろうとなかろうとだ、人には生きる権利がある。得手勝手な自分の利益のために、他人の生命を奪う権利など誰にもない」

言われてぼくは、その言葉の意味を懸命に考えた。

「そしてそれがティアの遺志でもあると、こう私は言ったんだ」

「ではぼくはどうすれば……」

ぼくは言った。

「まずはその金を、ウォレットにしまうことだ」

彼は言った。

「ウォレットなんて持っていません」

「そうか、金も、クレジットカードも必要のない場所にいたんだからな」

言ってボブは、もう一度自分のウォレットを出し、金とクレジットカードをみんな抜いて、空になったものをさし出した。

「これを使いたまえ」

そして抜いた紙幣やカードは、身を傾け、まとめてスーツのポケットに押し込んだ。

「いいんですか?」

驚いて、ぼくは尋ねた。

「かまわんとも。ウォレットなど、まだ山のように持っている」

それでぼくは、もらった紙幣を、もらったウォレットに挿し入れた。そしてしばらく手に持っていた。そこへ、コーヒー・カップを三つ持ったコートニィが近づいてきて、ぼくとボブ・ルービンにさし出した。

「ありがとう」

言って、彼は受け取った。コートニィは、ゆっくりとぼくの横に腰をおろした。

「ザッカリ、紹介はすんでいるかな?」

「はい」

ぼくは頷いた。

「コートニィ・ブラックだ、私の秘書だよ。今後君の面倒はすべて彼女がみる」

「よろしくザッカリ」

言ってコートニィは、握手のために右手をさし出した。ぼくはおずおずとこれを握った。

「ぼくの面倒を?」

「ああそうだ、君にもいろいろと必要なことがあるだろう。過激な性格の女性だが、君を傷つけないようによくよく言ってある」

「傷つけないわ、ただちょっとトレーニングが必要かも。だって今のあなたって、ICU(集中治療室)から出てきたばかりの患者みたいなんだもの。免疫力の乏しい赤児みたい、このままでは世間に痛めつけられるわよ」

「世間にね、君にじゃないだろうな」

「私は何もしないわ、ルービンさん」

「ともかくお手柔らかに頼むよコートニィ。彼は優秀であり、繊細な人間なんだ」

「ぼくはこれから……」

「泊まるところを考えなくてはね」

「一人になってじっくり考えたいんです」

ぼくは言った。

「是非そうしたまえ。だがザッカリ、考えたからエデンを脱出したんだろう? 違うかね?」

ぼくは黙っていた。それは確かにそうではあるのだが、また考えるべきテーマが新たに現れたのだ。

「君は今夜からしばらくの間ホテル暮らしだ。落ちついたら、コンドミニアムか、家を探したらい い」

「落ちついたら……?」

「君自身の命の危険がなくなったらだ」

ボブ・ルービンが言った。

「どうなれば、ぼくの命の危険がなくなるのですか?」

「それを考えたまえザッカリ。自分の脳で」

「今夜はホテルに?」

「そうだともザッカリ、彼女がすっかり手配してくれる」

「ラス・ヴェガスのホテルですね?」

「この街のではないよザッカリ。ここに長居は禁物だ。今頃大勢が君を探しているはずだ、エデンのセキュリティも動いているだろう。このままここにいれば、いずれは見つかる。遠くに逃げるんだ」

「どこへです?」

「ニューヨークだ。もうNY行きのエア・ティケットは抑えてある、質問があれば、道々コートニィにしたまえ、彼女がすべてを心得ている。空港までは私が送ろう。さあ、すぐに出ようじゃないか、ぐずぐずしていればそれだけ君の危険は増す。いいかね?」

ボブは言い、もう立ちあがっている。

7

ニューヨークに向かう飛行機の中で、コートニィは、旧約聖書について、ぼくに語り続けた。ぼくも旧約聖書の、特に創世記についてはー応の知識があったが、コートニィの理解の正確さには到底及ばなかった。彼女はエステル記の中の、第九章の記述について詳しく語った。

「ユダヤ人は、剣《つるぎ》をもってすべての敵を打って殺し、滅ぼし、自分たちを憎む者に対し、心のままにおこなった。ユダヤ人はまた首都スサにおいても五百人を殺し、滅ぼした。

アダルの月の十四日に、またスサにいるユダヤ人が集まり、スサで三百人を殺した。しかしそのぶんどり品には手をかけなかった。

王の諸州にいるユダヤ人もまた集まって、自分たちの生命を保護し、その敵に勝って平安を得、自分たちを憎む者七万五千人を殺した。しかし、そのぶんどり品には手をかけなかった」

コートニィはまた、アダムとイヴが禁断の木の実を食べた創世記の有名な第二章についても語る。内容を記せば以下のようだ。

主なる神はアダムをエデンの園に連れていって、そこを耕させ、守らせた。主なる神は、アダムに命じてこう言われた。

「君はこの園に生えている、どの木からでも自由に果実をもいで食べていい。でもこの『善悪を知る木』の実だけは駄目だ。これを取って食べると、君はきっと死ぬからね」

また主なる神は、続けてこうも言われた。

「君が一人でいるのはよくない。君のために、ふさわしい援助者を創ろうじゃないか」

そして主なる神は、野を駈け廻るすべての獣と、空を飛ぶすべての鳥とを土で創ってアダムのところに連れてきた。そしてそれらを彼にゆだね、彼がどんな名をつけるかを観察した。アダムはそれらの生き物すべてに名前を考え、つけた。そうしたら、それらの名はすべて永遠にその生き物の名前となった。

けれどアダムにはふさわしい伴侶が見つからなかったので、主なる神は彼を深く眠らせておいて、あばら骨のひとつを抜き取り、開いた穴を肉でふさがれた。主なる神はアダムから取ったあばら骨で一人の女を創り、アダムのところに連れてこられた。女を見て、アダムは言った。

「これこそは私の骨の骨、私の肉の肉ですね。男から取ったものだから、これを女と名づけたいな」

アダムとその伴侶とは裸であったが、恥ずかしいとは思わなかった。

続いて彼女は、第三章についても語る。

主なる神が創られた野の生き物のうち、最も狡猾な者は蛇だった。その頃蛇は足があって、イヴのところにやってきて、親しげにこう尋ねた。

「イヴ、このエデンの園にあるどの木からも実をもいで食べるなって、本当に神様が言ったのかい?」

イヴは蛇に言った。

「私たち、園のどの木からも実をもいで食べることが許されています。でも園の中央にある木の実だけは食べるな、触るなって。死んではいけないからだって。神様はそう言われました」

蛇はイヴに言った。

「君たち、絶対に死ぬことなんてないよ。あの木の実を食べると、君たちの目は大きく開いて、ものごとの善悪を知る者になり、神様と同等になることを神は知っているんだ。それでは優位に立てずに困るから、神は君らにそう言ったんだ」

そこでイヴがその木に寄っていってよく見ると、成っている実は食べるのによさそうで、目にも綺麗で、確かに全然毒ではなさそうだった。そして蛇の言うように、食べたら賢くなるようにも感じられた。

イヴは思いきってその実をもぎ取り、かじってみた。甘く、芳醇《ほうじゅん》で、みるみる思考の輪郭がくっきりとした。毒など全然感じられず、何故もっと早くにこうしなかったのだろうと悔やまれたほどだった。

夫のアダムもそばに寄ってきたから、彼にももいでやり、与えた。だから彼も食べた。見ていると彼の目はみるみるぱっちりと開き、イヴを見てこう叫んだ。

「イヴ、ぼくたちは裸だ！　なんて恥ずかしいんだ！」

それで二人はいちじくの葉をつづり合わせ、腰に巻いた。

エデンの園に涼しい風が吹いてくる時刻、アダムとイヴは、神様が歩いてくる足音を聞いた。それであわてて木々の間に身を隠した。そうしたら主なる神は、

「君たち、どこにいるんだね？」

と尋ねた。それでアダムは答えた。

「園にあなたがやってこられる足音を聞いて、私は裸だったので、あわてて身を隠したんです」

「ふん、裸と解ったということは、あの木の実をもいで食べたんだな？　私が食べるなと命じておいた木から、君は実を取って食べたのか？」

アダムは、おずおずと物陰から出てきた。それを見て、イヴも続いた。アダムは言った。

「私と一緒にしてくださったあの女が、木から実をもいで私にくれたので、つい食べたんです」

と彼はイヴのせいにした。

そこで主なる神は、イヴに向かって言われた。

「なんということを君はしたんだ！」

イヴはこう答えた。

「あの蛇が私をだましたんです。おいしいし、食べても死なないって。そして食べたら賢くなるんだって」

と彼女は蛇に責任を転嫁した。それからうつむいてこう続ける。

「それで私、食べました。でも死ななかったです……」

主なる神は、続いて蛇に向かって言った。

「いいか蛇よ、おまえはこんなことをしたのだから、今後おまえはすべての家畜、野のすべての獣のうちで最も呪われる。おまえは今後腹で這い歩き、塵を食べることになろう。私はおまえを怨む。おまえの子孫は、イヴの子孫たちから永遠に嫌悪される。アダムの子孫たちはお前の頭を砕くだろう。そしておまえの子孫たちは彼らのかかとを砕く」

それから主は、イヴの方に向きなおり、言う。

「罰として私は、君たち女の出産の苦しみをおおいに増す。君は苦しんで赤児を産む。それでもなお夫を慕い、夫は君を治める」

アダムにはさらにこう言った。

「君は妻の言葉に惑わされ、食べるなと私が命じた木から実を食べた。そのため土地は呪われ、君はこれからの生涯、土地から苦しみながら作物を得なくてはならない。地面は君のためにイバラとアザミを生じ、君は野の草を食べることになろう。君は顔に汗してパンを食べ、やがて土に帰る。君は塵から創られた者だから、また塵に帰るのだ」

そして主なる神は、夫婦のために革の着物を造ってやり、彼らに着せてやってからこう嘆いた。

「見よ、アダムとイヴは今や善悪を知る者となり、われわれ神と同等のごとくになってしまった。このままでは彼らは『命の木』にも手を伸ばし、この実をもいで食べ、永遠に生きかねない」

主は彼らをエデンの園から追放し、アダムには土地を耕させた。そしてエデンの東にケルビムと回る炎の剣《つるぎ》とを置いて、『命の木』にだけは絶対に近づけないようにした。

第四章。

アダムはその妻イヴを知った。つまり園の外で、はじめて性行為というものを発想し、体験した。イヴは身ごもり、激しい陣痛の末にカインを産んだ。そしてこう言った。

「私、主のおかげで一人の人間を得ましたわ」

続いてイヴは、カインの弟アベルを産んだ。アベルは羊を飼う人になり、兄のカインは土を耕す人になった。

カインは、農地の産物をもって主に供え物とした。アベルもまた、羊たちの群れの中からよく肥えたものをもって貢ぎ物にした。

ところが主は、アベルとその貢ぎ物は喜ばれたが、カインの貢ぎ物には目もくれなかった。カインはおおいに憤って顔を伏せ、主はそういうカインに向かってこう言われた。

「何を怒っている？　正しい行いをなしているのなら、顔をあげたらよい。もしも正しいことをしていないのならば、罪が門口に待ち伏せている。それは君を慕うが、君はこれを治めなくてはならない」

主の御前を退いてから、カインは弟のアベルにこう言った。

「おい、ちょっと野原に行こうじゃないか」

そして野原に出たら、カインは弟アベルに打ちかかって殺した。

後日、主は農耕に精を出しているカインにこう話しかけられた。

「カイン、アベルはどこにいる？」

カインは応えた。

「そんなことは知りません。私は弟の番人なんですか？」

主は言われた。

「君は何をした？　君の弟の血の声が、土の中から私に叫んでいる。君は呪われ、この土地を離れなくてはならない。土地が口を開け、君の手から弟の血を受けたからだ。君がいかに耕そうとも、土地はもう君のためには実を結ばない。今後の君は、地上の放浪者となるのだ」

するとカインはこう不平を言った。

「そんな罰は重すぎて、私は到底背負いきれません。あなたは今日私を地のおもてから追放された。私はあなたを離れ、地上の放浪者とならねばなりません。そうなら私を見つける人は、誰もが私を殺すでしょう」


主はこう言われた。

「そうではないカイン、君を殺す者は、誰であろうとその七倍の復讐を受けることになる」

そして主は、カインを見つける者が、誰も彼を打ち殺すことがないよう、彼にひとつの印をつけられた。カインは主の御前を去り、エデンの東、ノドの地に移り住んだ。

その地でカインは妻を見いだし、彼女は身ごもってカインの子供エノクを産んだ。カインは街を建設し、その名もエノクとした。

そして以降、おびただしい人の系譜が始まるが、その多くはひどく堕落し、地上を暴虐で充たすようになったので、やがて主の憂いと怒りを買うようになり、ついに主は、正直者のノアを除くすべての民を滅ぼすことを考え、有名なノアの洪水伝説へとつながっていく。

8

「蛇は何故、禁断の木の実の秘密を知っていたのかしら」

コートニィはぼくの部屋に入ってくると、つかつかとまず窓際まで歩き、ガラス越しに夜景を見降ろしながら言った。

その夜のホテル・リッツだった。コートニィはボディ・コンシャスの、丈の短いワンピースを着ていたから、足は膝のずっと上まで出ていた。筋肉質で、野性的な足だった。

「秘密？ 秘密って？」

ぼくは言った。そんなことなど、考えたこともなかったからだ。

見ると、彼女はこっちを振り返っている。唇には薄く笑みを浮かべていて、こんなふうに言う。

「禁断の実、食べても死なないってこと、すっぱかったりせず、ものごとの善悪がよく解るようになって、その点では神様と同等になるってこと」

「ああ……」

「蛇はそのこと、どうして知っていたのかしら」

「どうしてって……」

ぼくは口ごもった。旧約聖書とはそういう物語なのだ。それ以上のことなど、ぼくは考えたこともない。そういうものであり、疑問を持ってはいけないものと、ずっと教わってきたのだ。

「そういうものだって……」

「そういうもの？」

コートニィはおうむ返しに言った。

「うん」

「そんなに取って食べさせたくない果実なのだっ

たら、神様はどうして柵でしっかりと囲うなり、エデンの園からずっと離れた岩場の崖の上に移しておくなりしなかったのかしら」

「だって柵で囲ったところで、乗り越えたり、破ったりできてしまうもの。誰にも絶対に食べさせないなんてこと、とてもできないよ」

「どうして？　だって神様は、『命の木』は守ったのよ。ケルビムと、回る炎の剣をエデンの東に置いて、人が近寄れないようにしたの。そう書いてあるわよ。そうでしょう？」

「うん」

「どうして『善悪の木』もそうしなかったの？」

「うーん……」

「神様、本当に防ぐ気があったのかしら」

「えっ？　防ぐ気がなかったって？」

「そうよ。主の言いつけをおとなしく守って、永久に善悪の木の実を食べなかったアダムとイヴについて、考えてみて」

「善悪の木の実を食べなかった二人……」

「二人は目もよく開いていない、なかば眠るような無垢な存在。無害だけど、まるでペットの小型犬のように、ただうろうろ園を歩き廻るだけの存在。花瓶の花のように、怒りもせず、嘆きもせず、悲劇も、強い喜びも知らない。ただ観賞されるだけの生き物。何も破壊しないかわり、何も産み出さない。誰かから眺められるためだけに生まれた存在、彼らは何のために園にいるの？」

「神様が創ったから」

「鳥や獣と一緒に？」

「そう鳥や獣と一緒に」

　ぼくは言った。コートニィは、歩きだしながら言う。

「神に眺められるためにね。鳥や獣、花瓶の花などと同じ存在として、二人は園に配置された。メイン・ディッシュの脇にちょっと添えられる緑色の野菜のように。ケーキの上で模様を描く白いホイップ、その上の赤いいちごのように。エデンの園は白いケーキ、アダムとイヴはふた粒のいちごよ、エデンという丸いケーキの上の赤い綺麗な飾り。それ以上には意味がない存在」

「………」

「獣たちには、実は厳しい食物連鎖がある。これは神の意図したことなのかしら」

「当然そうでしょう」

「でも旧約聖書の文脈からは、そういう考え方はまったく読み取れないわね。考えられていないようにしか見えない」

「そうかな……」

「小動物は虫や草を食べ、その小動物を中動物が食べ、中動物を大型動物が食べる。ではアダムとイヴは、この連鎖のどこにいたのかしら？」

コートニィはまた立ち停まり、じっとぼくを見つめた。ぼくは黙っていた。なんだか意地悪な疑問のように思われたからだ。

「眠るようにして生きている動物なんて、本当はどこにもいない。みんな生きるため、必死で互いを食べ合っている。弱肉強食。エデンの園の中だって、必ずそうだったはず。主は、より大きな動物の食料として、より小さな生き物を創った、そうでしょう？　ではアダムとイヴは、誰の食料だったのかしら」

「ライオンの、かな……」

「ではどうしてライオンは襲ってこないの？」

ぼくは少し考え、言った。

「人間の方が動物を食べたんだ、その知恵の力で」

「善悪の木から、まだ実を食べていないのに？」

「それは、人類史上最初の人間だから、まだ神の庇護のもとにあったんだ」

「ザッカリ、彼らは史上最初の人間？」

　コートニィは訊いた。ぼくは頷き、もちろんだと言った。

「主なる神は土の塵で人を創り、命の息をその鼻に吹き入れられた。そこで人は生きた者となった。そして主なる神は東の方、エデンにひとつの園を設けて、創った人をそこに置かれた。そして美しい木々をすべて地面から生えさせ、天地を創造した、と旧約聖書には書かれている……」

「ええ。そう書かれているわね」

「アダムがその人間、だから彼は史上最初の人類。その肋骨から創られたのだから、イヴは史上二番目の人間」

　するとコートニィは腕を組み、首を横に振った。

「でも彼らの子供カインは、エデンの東にあるノドの地で妻を見いだして結婚するのよ。アダムとイヴという夫婦と血のつながらない女が、ここにいきなり登場するの、ノドの地に。どうして？アダムとイヴが史上最初と二番目の人類なら、カインの当時、アダムとイヴの子供たち以外には人間は存在しないはず」

「ブラックさん、あなたは何を言いたいの？」

　ぼくは言った。彼女の意図が解らなかったのだ。

「旧約聖書は素晴らしくよくできた物語。あの時代にこんなファンタジーが書けたなんて脅威ね」

「それはだって、神が書いたものだから」

「でもこんなにディテイルが雑で、辻褄が合わなくて、残酷で傲慢な物語のために、無限の数の大勢が苦しみ、死んでいるってこと。自分を疑うという神の命で、何百年、何千年、彼らの悲しみはかた時も癒えることがない、終わる時がない。神の名のもと、未来永劫に続く殺戮の永久運動。私の兄もそのために死んだ、イスラエルで、何の疑問も抱かず。抱くのは後に残された者」

聞いて、ぼくは黙った。そういうことだったのかと知った。

「神の要求じゃなければ、神への信仰心がなければ、誰もこんな地獄には堪えない」

「果実は……」

ぼくは言った。

「果実は花の結晶。花は蜜を用意して昆虫を惹きつけ、彼らを利用して自分の種子を遠くに運ぶ。生きるための必死の戦略」

「善悪の木の果実も?」

「例外であるはずはないわね。これを食べた動物が、種子を遠くまで運んでくれる」

「禁断の木の実も?」

「禁断にする必要なんて、ちっともないように見えるわ私には」

「ともかく禁断の木の実を……」

「何故禁断なの?」

「え?」

「邪悪の木じゃないのよザッカリ、善悪の木なのよ。どうして食べてはいけないの?」

「……」

ぼくはまた黙った。

「食べたおかげで、彼ら二人は裸ではいけないと気づいた。目がぱっちりと開き、ものごとがよく見えるようになったのよ。悪いことは何もない」

「……」

「主を除いて」

「主を？」

「神は優位が保てなくなるもの。自らに似せて創った人は、愛玩動物としてただそこにいるだけがいい。そこにいさせ、眺めて楽しみたかっただけ。花のように無知で、無抵抗がよかった。エデンの園は主の愛《め》でる鳥かご、主はただ眺めて楽しみたかっただけ。メソポタミアへのアメリカのミサイル攻撃を、黙って眺めたように。今も続くイエルサレムの地獄を、黙って眺めているように」

ぼくは黙って考えた。こんなふうに語る彼女をも今、主は黙って許されている。

それからぼくは言った。

「けれど、彼らは禁断の実を食べてしまった」

「蛇のたくみな誘惑によってね」

コートニィは言う。

「蛇には……」

「彼には、そういう造物主の企みがみんな見えていた」

彼女は言う。

「善悪の木に、柵を立ててもしようがないって……？」

「蛇には乗り越えられるわね」

「え？　なんだって？」

「蛇はどこにでも行けるもの。こんなことばかり言っていると、中世なら火焙りだけれど」

「火焙り」

「火焙り、知ってるでしょうザッカリ、それが宗教。ただ気にいらない言葉を口にしたというだけで、人は生きた人間に火をつける。大火傷を負わせて殺す。そんな悪魔の所業が平気でできるようになる。今、罪のないあなたに対し、敬虔な信者の誰かが行っている仕打ちのように」

「ぼくに……」

「神は見て見ぬふり。ヨブ記に見るように、主はサタンと親しい友人。相談相手」

「蛇のことは……？　造物主の企みがみんな見えていたってこと、あれは……？」

「見えていたでしょう？　何故？　考えられる答えはただひとつ。蛇はすでに、善悪の木の実を食べていたのよ」

「ああ……」

「だからこの実を食べても死なないってこと、すっぽくないってこと、頭が賢くなること、蛇はみんなみんな知っていたのよ」

ぼくは驚いた。こんな解釈を聞いたのは生まれてはじめてだったからだ。では神は嘘つきだと言うのか。

「蛇が、イヴたちに禁断の木の実を食べさせた、あれは……？」

ぼくが訊き、コートニィは言った。

「あそこからすべてが始まった」

「すべてが？」

「歴史よ。人の歴史」

「もし食べなければ……？」

「そうなら、今のこの世界はなかったわね。摩天楼、ジェット機、地下鉄、そういう私たちのこの文明」

「そうなら、蛇こそが最大の功労者だ！　輝けるこの近代文明のための」

「そうよ、そういう蛇が、すべての生き物のうちで最も呪われるかしら？　私はサソリの方が嫌い。蛇には無毒のものもいる。エイズ菌はもっと嫌い。

それ以外にも、人の命を奪う有害な微生物は山のようにいる」

「ぼくは……」

「あなたはクローンなんでしょう？　ザッカリ」

「うん」

ぼくは正直に応えた。

「この街の病院にいる親株、ユジーン・カハネの乳腺の細胞から分裂し、成人した人間」

「アダムとイヴが禁断の木の実を食べなければ、ぼくは生まれることはなかったんだ。二人が禁断の木の実を食べなければ、彼らはずっと無害なペットのようにおとなしくエデンの園で生涯を終えて、科学を生み出すこともなかった。クローンの理論や、発生工学など存在することはなかった」

「そうかしら。だって彼ら自身がクローンの兄妹なのに」

「ああなんだか……」

ぼくは頭を抱えたくなった。すごい矛盾だと思ったのだ。彼らは善悪を知る木の実を食べたのではなかったか？　それなのに、エデンの園の直系を自負するソルモン・スタンレーの末裔は、自分の内臓のスペアが欲しいというただそれだけのために、ぼくというコピーの人間を創った。そして自分一人だけの延命のため、必要な時にぼくを殺し、ぼくの内臓を勝手に盗ろうとしている。禁断の木の実を食べて、彼らはいったい何が解るようになったというのだろう。無知なアダムとイヴより、ずっとたちが悪いではないか。

彼らの息子のカインは、いとも簡単に弟のアベルを殺した。善悪の木の実の効能は、いったいどこに行ったのだ？

「クローンのあなたには、ドリーのような障害は出ていないの？」

「ぼくは、アスペルガー・ディスオーダーなんだ」

　ぼくはこう考える。蛇が拓《ひら》いた科学だからなのじゃないか。だからぼくはこんなに苦しい。主はこれを恐れ、善悪の木の実を禁断の果実にしたのだ。

「ねえザッカリ、カインのしるし《ザ・ブランド・オブ・ケイン》って何だと思う？」

コートニィがぼくに言った。

「神がカインの額につけた、スタンプのような刻印でしょう？　みんなそう言っているもの。これによってカインが、みんなに暴行されたり、殺されたりしないように」

「カインは弟を殺して、自分の農地を追放されたのよ。額にスタンプがなければ、追放者だって解らないのに、そんなものが額にあれば、みんなすぐに彼を見つけて迫害するわね」

「でも旧約聖書に……」

「聖書には、カインにしるしをつけたとしか書かれていないわ。頭とも額とも、スタンプとも何とも。私はアスペルガーだと思う」

「アスペルガーだって？　カインが？」

　ぼくはびっくりした。

「そうよ。アスペルガーなら他者に復讐はしない。彼はもう二度と、誰一人傷つけることはない。殺人者への処置としては、死刑なんかよりよほど意味と実効性がある。ねぇザッカリ」

　言ってコートニィは、ぼくの方に向かってゆっくりと歩いてきた。

「もうおしゃべりはたくさんよ。今からもっと意味のあることをしない？　二人で」

「意味のあること?」

ぼくは訊いた。

「ええそう、意味のある、楽しいこと……」

そしてコートニィはぼくの背に両手を廻し、抱いてぐっと強く引き寄せた。そしてふと顔をあげると、彼女の目が、ぼくのすぐ目の前にあった。少し歪められて笑う、彼女の大ぶりな唇も見えた。彼女の瞼がすうっと閉じられていき、ぼくはそれを見ていたのだが、あっと思う間もなく唇が合わせられていて、コートニィの舌が、ぼくの歯と歯の間をこじ開けた。

うわっと声をあげた。世界が傾き、天井が眼前に広がったからだ。何が起こったのか解らなかった。背中に衝撃が来て、ぼくの体はベッドの上で弾んでいた。彼女に押し倒されたのだ。それから強く唇を吸われた。

あっ、とまたぼくは声をあげた。ズボンの上から、ぼくのペニスがぎゅっと摑まれたからだ。そして乱暴な仕草でぼくのベルトの前がはずされ、コートニィの暖かい手が、ぼくの下着の中に入ってきた。

ぼくは大声をあげ、身をよじって逃げようとした。

「やめて!」

するとコートニィはまず含み笑いをもらし、続いて声をたてて笑いはじめた。彼女の唇に塗られた、口紅の匂いがかすかにした。

ぎゅっと体を抱かれ、ぼくは全然逃げられなかった。すごい力だった。男以上だ。そしてまた唇に唇を押しつけられ、強く吸われた。

「駄目よ!」

冷たい声で、彼女は言った。瞬間ぼくは、彼女の白い前歯にわずかに付いた、口紅の真紅のかけらを見た。

「逃がさない。覚悟しなさいザッカリ、これは必要なことなのよ」

「必要なことだって？　何が？　誰にとって？」

「恐がらないでザッカリ。泣かないのよ」

　そして唇の位置を徐々にあげていき、ぼくの瞼や、目尻のあたりを舐めた。それでぼくは、自分が恐怖の涙を浮かべていたのかと知った。

「やめて、痛いよ！」

「あなた、クローンでしょう？　ペニスはどうなっているの？　勃起する？」

　少しあえぎをにじませた声で、彼女はそう訊いてきた。

「そんな質問はやめてください！」

　ぼくは叫んだ。


「まだ経験ないんでしょう？　知らなくては駄目よ。私は興味があるの。女に欲情したことは？」

「ないです」

　ぼくはきっぱりと言った。

「女に興味ないの？　少しペニスを触らせて」

「嫌だ！」

「駄目。私は興味があるの！」

　そして指が伸ばされ、無理やりに握られた。

「あら、しっかりしたものがあるのね」

「痛い、痛い、離してください！」

　ぼくは言った。

「じっとして。私に乱暴させないで」

「もう充分乱暴している！」

「私も医者なのよ、あなたの体に興味があるの。じっとして。クローンも変わらないのね。手を貸して、私に触ってみて」

「嫌だ」

「駄目よ、禁断の木の実を食べなさい。そして、エデンの園を出るのよ」

右手を取られ、コートニィの足の間に導かれた。まず荒く硬い毛の感触があり、それからじっとりと濡れた場所に触れさせられた。彼女は下着をつけていなかった。

「これは何?」

「触ったことないの? はじめて?」

「うん」

「では私が、最初のあなたをいただきね!」

笑ってコートニィは言い、それからうっと、彼女は低くうめいた。ぼくの指をどこかに押し込んだ時だった。そして荒い息を吐きながら、ぼくの耳に唇を近づけてきて、耳たぶをしきりに舐めた。彼女の荒くて強い呼吸が、異様に大きな音で聞こえはじめた。そして、ぼくのその部分が強くしごかれた。

「痛い、痛い!」

ぼくは悲鳴をあげた。

「硬くなってきた、いいわ、上出来。痛いの? 勃起するの、はじめてではないでしょう?」

あえぎながら、コートニィは訊く。ぼくが黙っていたら、厳しく問われた。

「答えなさい! 大事なことよ。以前にも硬くなったこと、あるわね?」

「大事なことって、ぼくは頼んでないよ」

「いいから答えなさい!」

ぼくは頷いた。

「どんな時?」

「どんなって……、そんなことは言えない」

「プレイボーイのヌード写真見た時?」

「プレイボーイって何？」

「知らないの？」

「知らない」

するとコートニィはうふふと含み笑いになった。それからぼくの指を持ち、自分の体からゆっくりと抜いた。

「これは何？　どうしてこんなに濡れているの？」

「あなたが可愛いから、ちょっと発情しているのよ」

コートニィは言った。そして顔を下にずらしていってぼくのものを口にふくんだから、びっくり仰天した。

「やめて、そんなとこ、きれいじゃない、やめて！」

「いいのよザッカリ、まかせなさい」


コートニィは言った。そしてぼくのズボンをずっと下の方までずらした。

「射精したことは？」

「射精って何？」

「知らないの⁉」

「知らない」

「言葉を知らないの？　それとも行為自体を？」

「意味が解らない」

「ここから白い液が出ること」

「白い液？」

「ない？」

「ない……」

「ないの、あらそう。じっとしていて、今睾丸の出来、見るから」

そして彼女は、ぼくの恥部を柔らかい手つきでいじり廻した。そうされているのは、そんなに不快ではなかった。

「ちょっとこうして」

ぼくは体を半転され、横向きにされた。

「痛い！」

ぼくは大声になった。指が挿し込まれたからだ。

「痛くてもしばらく我慢して。ちょっと前立腺の発育状況を診るから。穴に指を入れる必要があるの」

そして中の壁をぐいぐいと押された。

「消しゴム《イレイサー》くらいの硬さがある。大丈夫、正常よ。まったく常人と変わらないわ。でもあなたの場合、ちょっと内圧が高いかも。私は経験豊富なので解るのよ。少し中身を抜きましょう」

「中身を？　どうやって？」

「今に解るわよ」

そして彼女は、ぼくのものをしごきはじめた。

9

「どう？　禁断の木の実の味は」

コートニィは言った。ベッドの中だった。ぼくらは並んで、裸で横たわっていた。全身が、少し汗ばんでいた。

「うん、エキサイティングだった」

ぼくは応えた。

「それはよかったわ」

彼女は言った。

「あれは、種を保存するための作業なんでしょう？」

ぼくは訊いた。

「種を保存するための作業？」

彼女は怪訝な声を出した。

「うん、つまり……」

「ああ、子供を作るためって、あなたは言いたいのね？」

「うん」

　するとコートニィはくすくす笑った。

「あんまり学術的な言い方をするから」

「でもそうでしょう？」

「違うわザッカリ、あれは男と女が楽しむための行為。この世で最も素敵な行為よ。あれのために、みんな毎日汗を流して働いているの」

「え、そう？」

「あなたはそう思わなかった？」

「思ったけれど、あれが一番？」

「ふうん、男の人は違うのかも」

　コートニィは裸の肩をすくめた。その仕草は可憐で、暴力的な様子は少しもなかった。セックスは、女性をこんなふうに見せる効能もあるのだとぼくは知った。

「種の保存、ぼくも行うべきなのかな……」

「あなたに雄の能力が備わっていることは確認できた。後は、受精の能力が備わっているか否かね」

「どうすれば解るんだろう」

「私では試せないわね、妻を見つけること」

「君は妻でないのに、ぼくとあんなことをしたんだね？」

「ええそうよ」

「それは許されるの？」

「もちろん許されるわ。合意の上なら」

「ぼくは合意したんだろうか」

「女が合意すればそれでいいの。男は、女に求められたら応じる義務があるのよ」

「えっ、そうなのか……」

「そうよ、男には、女を楽しませる義務があるの」

そしてコートニィは笑った。

「ふうん。君はあれでよかったの?」

「ええ、とてもよかったわよ、あなたは」

「うん、気持ちがよかった。生きていれば、こんな楽しいこともあるんだなぁ」

ぼくはしみじみとした気分で言ったが、でも最初はコートニィでなく、ティアとしたかった気はした。

「おとなになったのよ、あなたは。今夜は記念すべき夜。これからも生き続けて、この喜びを味わい続けるべきね」

「そんなこと、ぼくに許されるのかな……」

ぼくは言った。自分にどこまでの行為、どこまでの自由が許されているのか、ぼくはいまだによく解らない。

「もちろんよザッカリ、当然じゃない。あなたはエデンの園を出たのよ。誰にでも、自由に生きることと、性を楽しむ権利はあるの。誰にもそれを邪魔する権利なんてない。あなたは生きるべき。いつまでも、安定して生きるべき。誰にも邪魔されずに」

「誰にも邪魔されずに……」

ぼくは繰り返した。

「そうよ」

「安定して生きる……」

「うん」

言いながらコートニィは、ゆっくりと首を起こし、ぼくの顔を抱いて、唇にキスをした。

「そんな方法、あるのかな……」

ぼくは言った。自信がなかった。

「あるわよ」

彼女はきっぱりと言った。

「もちろんよ、ザッカリ」

「どんなことなんだろう……。ルービンさんは、そのこと、よく考えるようにとぼくに言った」

「そう。言っていたわね」

「解らない。ぼくには解らない。どうすればいいんだろう」

「簡単なこと」

コートニィが言ったので、ぼくはびっくりして首を回し、彼女の方を向いた。そうしたら、彼女はぼくを見つめて笑っていた。

「簡単なことだって？」

「そうよ、エデンの命題に較べれば造作もないこと」

言われてぼくは、天井を見つめた。しかし考えても、どうしても解答は得られないのだった。社会との関連性に生きない人間の宿命なのだろうか。

「安定……、安定って何だろう……」

言って、ぼくはまたコートニィを見た。

「それは、あなたの命の危険がなくなること」

彼女は言い、そしてまた彼女も上を向き、じっと天井を見つめた。それから歌うようにこう言いはじめる。

「ユダヤ人は、剣をもってすべての敵を打って殺し、滅ぼし、自分たちを憎む者に対し、心のままにおこなった。ユダヤ人はまた首都スサにおいても五百人を殺し、滅ぼした。

アダルの月の十四日に、またスサにいるユダヤ人が集まり、スサで三百人を殺した。しかしそのぶんどり品には手をかけなかった。

王の諸州にいるユダヤ人もまた集まって、自分たちの生命を保護し、その敵に勝って平安を得、自分たちを憎む者七万五千人を殺した。しかしそのぶんどり品には手をかけなかった」

それからこちらを向いて、ぼくを見つめた。

「それが？」

ぼくは訊いた。

「あなたも、自分の生命を保護するのよ。敵に勝って、平安を得て……」

「敵に勝って……」

「殺すのよ。あなたの命を脅かす者を。ジュイッシュの神はそれをお許しになる。そして平安を得て、ぶんどり品には手を出さないの。あなたにはその権利がある」

「殺す、誰を？」

「あなたの生命を脅かしている者は誰？」

「ぼくの生命を脅かす……」

「あなたを殺し、あなたの臓器を盗ろうとしている者、それは誰？」

ぼくは黙った。名前を口にしたくなかった。

「あなたの六十億の細胞は、もともと誰の体細胞から発したの？」

「ぼくの親株……」

「そうよ、あなたの親株。あなたの臓器を必要としている者、それは誰？」

「ぼくの臓器を……」

「よく考えるのよザッカリ。今マンハッタンのサイナイ病院にいて、ティアを殺して臓器を盗り、次にあなたの心臓をも盗ろうとしている者、その人の名は？」

「ユジーン……」

「そうよ、ユジーン・カハネ。ユジーンが、あなたの命を脅かしているの」

「ユジーン・カハネ、ぼくの親株……」

ぼくは考え込んでしまった。

「セックスは楽しくなかった？　ザッカリ」

コートニィは、ぼくの眼を覗き込んで訊いた。

「楽しかった」

「死ねば、あれがもう二度と味わえなくなるのよ。悔しいと思わない？」

「悔しい」

ぼくは言った。

「ティアを殺した者は憎くない？」

「憎いよ」

こちらの方が実感があった。

「ではユジーンを殺すのよザッカリ、ティアの復讐をするの。そして自分の生命を保全するのよ。ユジーンさえいなくなれば、あなたの身は安全。そうでしょう？　解るわねザッカリ。あなたを殺してあなたの臓器を盗り、自分の体に移植して拒絶反応が出ない人間は、この世にユジーン・カハネ、ただ一人だけなのよ」

「うん」

「あなたには、彼に報復する正当な権利があるわザッカリ。自分の生命を保全する権利、子供を作る権利。ユダヤの神は、それをお許しになる」

「ああ……」

ぼくは頭を抱えた。そうしなくてはいけないのだろうか。自分の命を保全し、安定してこれからを生きるためには、ぼくは親株の人間を殺さなくてはならないのだろうか。

親株は完全な人間だ。いや、臓器の不全は出ているが、少なくとも自然な成り立ち方をした人間だ。ぼくはというと、たぶんゲノムのコピー・エラーから、アスペルガー・ディスオーダーが出ている。そして、インプリンティングがない。そんな不完全な人間に、親株を殺し、子孫を残す資格などあるのだろうか。

「ぼくは、殺さなくてはいけないんだろうか、ユジーンを」

「そうよ、それがあなたの定め」

コートニィは言った。

「決然とやるのよ。私が全力で応援する。あなたならできる。そして私が全面協力すれば、必ずやり遂げられる。そしてそれさえなし遂げれば、あなたの身は安全になり、安定した生涯をまっとうできる、解るでしょう?」

「どうすればいいの?」

ぼくは訊いた。するとコートニィはベッドに身を起こした。そして豊かな胸を揺らせながら身を屈め、ベッドの脇に置いたホボバッグを取った。チャックを開き、中から黒い金属の筒を出した。

「サイレンサーよ、ベレッタ・クーガー用。付けたら殺傷力は落ちるけど、至近距離からなら問題ない」

ぼくはそれを両手で受け取った。

「ユジーンはブルックリンのサイナイ病院、二十四階の特別室にいる。このフロアには防弾ドアがあって、カードがなくては入れないけど、これはもう手に入れてあるわ。明日渡すので、あなたはこのカードを使ってドアを開けます。このドアは、出る時にはカードの必要はない。中からなら、ただ押せば開くわ」

「うん」

「あなたは花束を持っていくの。これは私が用意します。そして花束の中に、サイレンサーを付けたベレッタを隠して持ち込むの。いい？」

「うん」

「セキュリティがあちこちに立っている。カバンは開けられるし、服の上からだけど、身体検査もされる。でも花束の中は調べないの。これは調査ずみ。

ドアを抜けたらナース・ステーションがあるけど、十二時から一時のランチタイムは、ここから看護婦がいなくなるの。これも調査ずみ。だからあなたは十二時五分すぎにここを抜けて、二四〇二号室に入る。ここにユジーンが一人で寝ている。ランチをしようとしているはず。部屋にはセキュリティもいないわ」

「ぼくに見分けがつくかな、ユジーンの顔。もし間違えてほかの罪のない人を撃ってしまったら……」

言うと、コートニィはくすくす笑った。そして化粧ポーチからコンパクトを出し、開いてぼくの鼻先に突きつけた。

「鏡見たことあるでしょう？　これがあなたの顔、よく見て」

その小さな丸い鏡に映っている自分の顔を、ぼくはじっと見た。

「間違えるなんてあり得ないわ。クローンのあなたの親株だもの、あなたと同じ顔、同じ体、同じ声をしている。すぐに解るわ、間違えるはずなんてない」

「解った、そうしたら？」

「ユジーンは驚くでしょう、いきなりあなたが病室に入っていったら。彼としては、あなたをラス・ヴェガスの農場《ファーム》に隔離して、自分のスペア臓器として培養しているつもりでいたから」

「うん」

言って、ぼくは頷いた。ぼくにとって、生まれてはじめての、自分の親株との対面だ。

「けれど賢い彼は、たちまちそういう驚きと本心を押し隠して、にこやかにあなたを歓迎するでしょう。握手の手をさし出し、よく来たねザッカリ、君に会いたいとずっと思っていたんだ。花をありがとう、なんて綺麗な花だ。さあそこにかけたまえ、その冷蔵庫に飲み物が入っている、出して自由に飲んでくれ。

ユジーンのベッドにはもうランチのトレーが届いているはず。彼はいったんそれを脇に置いてから、かたわらの館内電話を取り、こんなふうに言うわ。今君に何か食べ物を取ろう、お腹がすいているんじゃないかい？　一緒にランチを食べようじゃないか。ピザパイなんてどうだろう」

ぼくは、明日自分の目の前で展開するだろうそういう光景を脳裏に浮かべた。きっとそうなるだろう、コートニィの言う通りだ。

「彼はきっとそう言う。でも、絶対に電話をかけさせちゃ駄目、来るものはパイじゃなく、セキュリティよ。彼らによってたちまちあなたは拘束され、警察に突き出される。そして警察病院で、精神障害と診断されて病院に入れられ、永久に自由を失い、脳の治療と称して眠らされ、臓器を盗られることになる。どう？　ザッカリ、それでもいい？」

「嫌だよ。どうすればいい」

「彼にさせるのは握手までよ。それ以上彼のペースに乗っては駄目。時間がかかれば、それだけあなたに不利になる。彼は策謀家、頭がとてもいい人、彼にあれこれ考えさせちゃ危険。お腹はいっぱいだとあなたは言い、握手と同時に彼の心臓にサイレンサーの切っ先をあてて、すぐに発射して。大急ぎで彼の息の根を止めるのよ。そうすればあなたの身はもう永久に安全、今後、絶対に彼に殺されることはなくなるの。解るわね？」

言われてぼくの心臓の鼓動は、みるみる激しくなった。そんなことをしていいのだろうかと悩む。いるはずのなかった人間に、ユジーン、ぼくの親株は殺されるのだ。

「そうすれば、あなたはいつまでも女とセックスを楽しむことができる、私とも、ほかの女とも」

「セックスを……」

「もちろんほかの仕事もよ。ユジーンを始末したら、ベレッタの指紋はシーツでよく拭いて、彼の枕の下に入れておいて。この銃はあなたが買ったものじゃないから、銃砲店にどんなレコードもない。それから廊下に出て、ドアを抜けて、エレヴエーターに乗るの。セキュリティに身体チェックをされる可能性を考えて、銃は病室に棄ててきて。

そして一階に降りたら、裏口から出るのよ。裏口への通路は、入る時に示しておくわね。裏口には私がバイクで待っている。バイクなら、何があろうと、何が追ってこようと追跡車をまくことができる」

「ああ、確かに君なら……」

「私の腕は知っているでしょう？　ザッカリ。あなたを安全に空港まで送るわ。そしてまた一緒に飛行機に乗って、南に向かうのよ」

「ラス・ヴェガスに？」

「いいえ、フロリダのキーウエストにボブ・ルービンの別荘があるの。ひとまずそこに行きましょう。クルーザーもあるわよ。カリブ海の洋上で音楽を聴いて、一日中のんびり釣りをして、そんなふうにそこでずっと暮らしてもいいし、南米かヨーロッパに行くのもいいわね。あなたが好きな場所に送る。あなたの今後は、キーウエストで一緒に考えましょう」

「ユジーンの始末、成功するかな」

「必ず成功する。どこが失敗要因？　どこにも失敗しそうな個所はないわ。簡単よ」

「ああ。でもぼくは一人ぼっちだ。親も兄弟も、友達もいない、クローンだから。先日までティアがいたけど、それも死んだ」

「私がついている、それにボブもいるわ。彼もあなたに金銭援助はおしまない」

「ねえ、君たち、どうしてそんなに親切にしてくれるの？」

「あなたが心配だから、それに、あなたのことが好きだから」

コートニィは言って、またぼくにキスをした。

「でもいっときのことでしょう？　いつかぼくは、一人ぼっちになる」

「あなたが望むなら、私がずっと一緒にいるわよ。あなたにガールフレンドができるまで」

「できなければ？」

「ずっと一緒にいるわ」

「本当に？」

「ええ本当よ。だから……、やれるわねザッカリ、生きるのよ。これは必要なこと、あなたが生きるために」

「うん」

ぼくは頷いた。どうしてもやらなくてはならないのなら、もう仕方がない。覚悟を決めてやるまでだ。殺さなくてはぼくが殺されるのだ、選択の余地なんてない。

10

ブルックリンのサイナイ病院は大きかった。ぼくとコートニィはタクシーで病院に乗りつけた。降りてタクシーが走り去ると、中にサイレンサー付きのベレッタを隠した花束を、コートニィはぼくに手渡してきた。花にしては少し重いそれを両手に持った途端、心臓が早鐘のように打った。

コートニィは次に二枚のカードを示し、言う。

「ザッカリ、よく聞いて。これが二十四階のドアのカードキー、これを挿し込めばドアは開くわ。こっちのカードはソルモン・スタンレーの社員証。受付にこのカードを見せて、二十四階のユジーン・カハネに面会にきたって言うの。これがあれば、面会には何の問題もない。いい？」

「こんなもの、どこで？」

ぼくは訊いた。

「ボブが手に入れてきたの。彼はなんでもできるわ、とても有能」

「あなたは？」

「私は社員証がないから一緒には行けない。あなたが一人でやるのよ。その方がユジーンも、セキュリティも油断する」

「解った」

「受付の女は、きっとエレヴェーター・ホールの位置を示してくれる。そうしたらそのホールに行って、エレヴェーターのドアの前は素通りするの。いい？」

「どうして？」

「脱出のための裏口のルートを、まず憶えておくの」

「ああ、うん」

「すると突き当たりにトイレがある。その右側に、奥に向かう通路があるから、それをまっすぐに進んで。かなりの距離があるけれど、突き当たりまで行くのよ。するとそこに出口のドアがある。このドアは、コードナンバーを打ち込んで開くキーロックになっているから、打ち込んで開いて。番号は9119、憶えられる？」

「大丈夫」

「このカードに書いておくといいわ、はい」

コートニィが白いカードとボールポイントペンを手渡してきたので、その場で数字を走り書きした。

「それでいいわ、なくさないでね。ポケットにしまって。では私は今、その裏口のドアのところに廻って外で待っているから、受付をすませたら裏口に来て、そしてドアを開けて。いい？」

「解った」

「では後で」

コートニィは笑って言い、くると身を翻して、大股で歩み去った。グレーのタイトスカートを穿いていた。

病院は高層ビルではなかったが、敷地は広大で、入ると院内の通路は迷路のように見えた。まず受付に行ってカードを見せ、二十四階のユジーン・カハネに面会にきたと言うと、ザッカリ・カハネさんねと言い、キーを叩いて何ごとか確認したから、ぼくは社員証の偽造がばれるのではと恐怖を感じた。しかし何ごともなく、彼女は微笑して立ちあがり、エレヴェーター・ホールの位置を手で示してくれた。すべてがコートニィの予想通りに進み、ぼくは眩暈《めまい》がするほどに緊張していたが、これならきっと成功すると確信が湧いた。

エレヴェーター・ホールに向かい、エレヴェーターのドア群の前を素通りしてトイレの右の通路に入り、前進した。かなりの距離があったが、やがて突き当たりにドアが見えてきて、その右の壁に、小さな黒いキーパッドが付いていた。そこに9119と打ち込んでエンターキーを押すと、ロックのはずれる音がしたから、重いドアにもたれかかって押すと、さっと光が射し込んできて、風も入った。大きなゴミ箱《トラッシュビン》が見えて、裏口だった。

「ハイ、ザッカリ」

とコートニィの声がすぐ近くでした。見ると、旅行バッグを持った彼女がいた。身にぴったりとした黒い革のパンツとブーツ、そしてブルゾンに着替えていた。開いたドアをぼくから受け取り、閉まらないようにその前に立って、背中で支えた。

そばにオートバイがあり、コートニィは提げていた旅行バッグのチャックを開けて、ヘルメットがふたつおさまっていることをぼくに示した。

「これが私のバイク、ヘルメットをかぶって、バイクに乗って、ここであなたを待っている。上でユジーンを始末したら、周りでよほど何ごとか異常が起こらない限り、絶対に走らないで。いい？　走れば周りを警戒させる。ゆっくりと歩いてここに出てくるのよ。そして後ろのシートに跨ってから、ヘルメットをかぶって。

ランチタイムの二十四階には、患者以外の人はいない。いてもごく少ない。サイレンサーが付いたベレッタ・クーガーの発射音はとても小さい。患者はテレビを観ている人が多いから、騒音もしているはず。一発で仕留めれば、殺害を気づかれる心配は絶対にないわ。

ユジーンの部屋は個室だから目撃者も妨害者も出ないし、ユジーンは内臓の移植手術をしたばかり、とても抵抗なんてできない。セキュリティはドアの外にはいるけれど、内側にはいない。彼らは特別病棟内に入ることは許されていないの。落ち着いてやれば、失敗する理由なんて何もない。解るわね？　あわてないで、落ち着いて、ゆっくりとやるのよザッカリ」

「解った」

ぼくは言ったが、緊張で気が遠くなりそうだった。

「終始冷静でさえいれば、問題は何もない。あなたは必ず成功する。今夜は二人、フロリダで楽しみましょう、あなたが好きよザッカリ、また私を抱いてね」

そしてコートニィはぼくを抱き、キスをした。

「ああ楽しみだわザッカリ、あなたとの今夜を考えたら、私の体は潤んでくる。あなたもそうでしょう？」

そしてコートニィは、ズボンの上からぼくのペニスを摑んだ。

「十一時五十五分、さあ行って。簡単な仕事よザッカリ、二十四階に着いたら、ほんの五分ほどですむわ。頑張るのよ。これをしなければ、あなたの未来はない、殺されるのよ」

そしてコートニィはぼくの体を放し、開いたままだったドアをさらに大きく開いた。ぼくはその中に入り、そうしたらまた心臓が打ちはじめた。

ゆっくりとドアが閉まり、かちりとロックがかかる音が背後でした。その途端、何ごとか訊き忘れたことがあるような気分が突風のように起こり、もう一度ドアを開き、コートニィと向き合いたかった。そうしようと思い、振り向いてまたドアに向き直ったが、思い直した。考えてみたら、もう訊きたいことなど何もない。

そのまま歩き続け、玄関が見えるあたりまで戻ったら、さっき素通りしたエレヴェーター・ホールに出る。昇りのボタンを押して待った。

箱が降りてきてドアが開き、入ろうとしたら、大量の人たちがどっと降りてきたので驚いた。中には白衣を着た医師たちらしい集団もあり、ランチ・タイムなのでみんなレストランに行くのだろう。全員が降りるのを待ってからぼくは箱に入り、24のボタンを押したら、続いて入ってくる者の姿はない。大型エレヴェーターの広い箱に、ぼくはぽつんと一人きりだった。

緊張が極限に向かい、ぼくは気分が悪くなりそうだった。吐き気が起こりそうな予感がして、胃のあたりを左手で押さえ、じっと堪えた。頑張れ、頑張れと自分に言い聞かせた。これをすませなければ、ぼくは安定した人生を得られない。今日のこれは、ぼくが自分の人生を勝ち取るための闘争なのだ。

二十四階に到着し、ドアが開く。花束を両手で抱えるようにして降りると、正面に立っている黒人のセキュリティと目が合った。緊張して目をそらし、右方向に折れると、そこにもう一人、白人のセキュリティが壁にもたれて立っている。彼らは身を起こし、ぼくに近づいてくると、

「中に?」

と背後を親指で示しながら尋ねた。

ぼくは必死の思いでスマイルをしながら頷く。

すると彼らは両手を水平にして、とぼくに要求し

た。花束を右手に持ち、そのようにすると、服の上から叩くようにして体に触ってきた。ズボンは上から下に向け、両手を輪にして滑らせて降ろす。銃の有無を調べているのだ。いつ「それもこっちへ」と、花束を指差して言うかと思い、心臓が喉もとから飛び出す思いがした。

「OK」

と彼らが言ったから、ぼくは心の底からほっとする。また必死でスマイルを戻しながら、ぼくは彼らに背を向け、通路をふさいでいる奥のドアに向かった。

恐ろしく警戒厳重だった。彼らセキュリティが終日ここに頑張っているということは、ユジーンを射殺してのち、またぼくはこの二人の前に戻ってきて、下りのボタンを押してエレヴェーターの到着を待たなくてはならないということだ。

その時のことを考えるとぞっとする。できるだろうかと自分を疑う。しかしやるほかはない。やらなければ自分が死ぬ。ユジーンが死ぬか、ぼくが死ぬかだ。それが臓器移植用クローンの宿命なのだ。怯えてはいられない。生き残らなくてはならない。ぼくが今やろうとしていることが犯罪なのではない、ぼくというクローンを作ったことが、そもそも犯罪なのだ。

カードキーをドア脇のマシンに挿し込む。緑のランプが点灯し、ロックがはずれるかすかな音がした。それでぼくはノブを持ち、ドアを手前に引く。ずいぶん大きなドアだ。たぶん患者を載せたベッドや、手術用の機械を搬入するためなのだろう。

内側に入ると、カーペットの色が変わった。右手にはL字型のカウンターがあり、ナース・ステーションだった。テーブルの上にいくつもコンピューターが並んでいるが、主の姿はない。コートニィが言った通り、コーナーはがらんとしていて看護婦の姿はなかった。みんな食事に行ったのだろう。カウンターの脇に、ワゴンがぽつんとある。いくつか空のトレーが載っているから、これは各病室にランチの配膳を終えたばかりのワゴンだろう。

アイヴォリイのカーペットの上を、ぼくは花束を抱えておずおずと進んでいった。二四〇二号室はすぐに見つかった。開いたままになっているドアの脇に、ぼくは五秒だけ黙って立って深呼吸をした。すると急に足が震えだし、涙が湧いた。しゃがみ込んでしばらく泣きたい誘惑と闘った。しかしここまで来た以上、それはもう許されない。またその気弱さ、逃避の果てに待つものは、自分の死と、内臓の摘出だ。ぼくは勝ち残らなくてはならない。そうなら、相手が病人であることは幸運だった。

こんなひどい時代に生まれたことが悲しかった。旧約聖書をただ聖なる物語として、何の疑いもなく読めた時代、人の心には迷いがなく、幸せだった。クローンの技術などなければ、ぼくが生まれることはなく、こんなに苦しむこともなかった。人の殺害など夢想だにしなかったハイスクール時代、あの頃の自分は、なんて幸せだったのだろう。当時はそんなふうに考えることもなかったが。

拳をあげると、手首のあたりがぷるぷると震えていた。これで銃が撃てるものかと疑う。けれど至近距離からの発射だ、問題はない。やるのだ、やるのだと自分を叱咤する。こめかみの血管を流れる、自分の血の音を聞く。

拳を、そのまま開いたドアの表面にあて、それから意を決してノックした。

「はいどうぞ」

という声がすぐにして、ショックだった。それは、ぼく自身の声だったからだ。だからぼくは、その場を動けなかった。

「どうぞ、入って」

とまた自分の声が言った。それでぼくは前進した。正面は一面のガラスで、見事な景観だったはずだが、何も見えなかった。世界は無彩色に沈んで、ぼんやりと霞がかかり、ぼくは血管を流れる血液のどくどくという音だけを聞いていた。

失神しなかったのが不思議だ。ゆっくりと左を向いて、ぼくはそこに置かれているベッドに向き直った。

ベッドの背もたれは起こされていて、そこにパジャマ姿の青年が、けげんな表情ですわっていた。ぽかんとした顔つきの、それはぼくだった。ぼくが目を開き、けげんな顔で、じっとぼく自身を見ていた。

彼の腹のあたりには、体を跨ぐブリッジ型のテーブルがあり、その上にスマッシュド・ポテトの皿や、スープらしいカップが載っていた。

ほんの数秒だったのだろうけれど、十分にも、一時間にも感じた。ぼくらは互いを見つめ合い、じっと無言でいた。

それはなんとも言えない、不思議な経験だった。ぼくが病気になり、パジャマを着て、病院に入院していた。それをぼくが外の世界から、タクシーに乗って見舞いにきた。鏡を見ているのとも違う。過去か未来かは不明だが、ひと月程度に時間のずれた、自分自身の姿を眺めているようだった。確かにどちらかが死ななければ、この奇妙に歪んだ時空の矛盾は解消しないだろう。

「ザッカリ……」

ベッドの上のぼくがつぶやいた。それは、たったそれだけの言葉を、やっと口にしたというふうだった。

「君、ザッカリ・カハネだね?」

ぼくはぼくに向かって言い、

「ユジーン」

とぼくの方もぼくに返した。

「ユジーン・カハネだね……」

そう言ったら、ぼくは悲しくて悲しくてたまらず、涙が出た。何故なのか、たぶんユジーンを前にした時の、そのなんとも言えないような懐かしさのゆえだったろう。

過去ぼくは、誰とも親しくなれない人間だった。それは誰と会っても、この人間とは体質が違う、人としての性質が違う、とそうすぐに感じるからだ。対面の瞬間、相手から拒絶の信号が来て、この人とはこの先、どう頑張っても親しくはなれないという確信が来るのだ。

しかしユジーンは、まるで違った。彼とは初対面だった。あるいは意識がない頃に会っているのかもしれないが、それにしても二十年ぶりだ。これまでに、ただのひと言も言葉を交わしたことはないし、写真を見たこともない、噂を聞いたことさえない。それなのにぼくは猛烈に懐かしく、彼の顔かたちから、言いようもない好ましさを感じた。彼はシャイで、誠実そうだった。こんな感じを、自分以外の人間から受けたのは生まれてはじめてだった。この人間となら親しくなれる、この人物となら、苦労なく気持ちを通い合わせられる、百億人に一人のそういう相手、それが彼だ。

　けれど、そんな人間をようやく目の前にしたというのに、ぼくは彼を殺さなくてはならない。そんな現実が、言いようもなく悲しく、また悔しかった。どうしてわれわれは普通に会えなかったのだろう。どうしてわれわれはひとつの家の、並ぶドアの部屋に暮らすような、そういう生活ができなかったのだろう。そうできたなら、どんなにか楽しかったたろうに。

「ザッカリ、ザッカリなんだろう君、ネヴァダのアスピー・エデン学園にいる……」

　そうだ、学園という名の、君らエリートたちの臓器農場《オーガン・ファーム》だ。ぼくは言いたかったが、そんな皮肉を言うと、ぼくの来訪の目的が露見してしまう。それでぼくは、じっと堪えていた。それからこう言った。

「君、ユジーン・カハネだね？」

「そうだともザッカリ、ユジーンだ。よく来たね！　大歓迎だ、なんて綺麗な花なんだい！　さあこっちに寄ってくれよ、さあもっとこっちに。もっとよく、ぼくに顔を見せてくれないか。なんてすごいことだ、どんなに君に会いたかったことだろう。今日は最高の日だ、君に会えたんだ！」

　ユジーンは興奮して言った。その様子は、到底演技には見えなかった。心から喜び、興奮する仲間のものだ。彼のその、類まれな好ましさ。最高の友人になれる男がぼくの目の前にいる。けれどぼくは即刻、彼を抹殺しなくてはならない。対面を楽しむ時間なんてない。なんてひどいことだ！

「ザッカリ、泣いているのか？　ああなんてことだ！」

　ユジーンは、叫ぶように言った。

「ああザッカリ、ぼくを許して欲しい、ぼくはひどいことをした。君に本当にひどいことを。おお神よ！」

そして彼もまた、自分の顔を両手で覆った。手をどけると、ユジーンの頬にもまた、涙の筋があった。

「ぼくも嬉しい、そしてぼくも悲しい。ぼくは今手術をしたばかりで、君とハグができないんだ。せめて握手をしてくれないかザッカリ。そうだ！」

ユジーンは思いついて言った。

「お腹がすいていないか？　ぼくは今ランチなんだ。ピザでも取ろう、一緒に食事をしようじゃないか？　対面のランチだ。ぼくら、せっかく会えたんだもの！」

ユジーンは身をよじり、苦労して右側の小テーブルに手を伸ばした。そして、その上に載った受話器を取ったのだった。

来た！　いよいよこの瞬間が来た。ぼくは急いで花束の中に右手を挿し込み、ベレッタのグリップを摑んだ。そしてさっと抜き出しながら、花束は床に捨てた。

「ユジーン、電話を戻してくれ！」

ベレッタの銃口をユジーンの胸に突きつけ、ぼくは叫んだ。

ユジーンは受話器を持ったまま、ぽかんと口を開けた。

「何故、どうしてザッカリ、ピザを取らせてくれないのか？　せっかく会えたのに」

「お腹はすいてない。ぼくもだユジーン、せっかく会えたのに、こんなことしなくちゃならない。なんて残念なんだユジーン。さあ、受話器を！」

ぼくは、胸が潰れそうだった。ユジーンは、また苦労して受話器をもとに戻した。

「こうしなければぼくは生きていけないんだ、ごめんねユジーン」

ぼくは言った。涙がつるつると頰を流れた。

「ぼくは、君の移植用臓器の容器として、黙って殺されるわけにはいかないんだ」

「待てよザッカリ！」

ユジーンが大きな声を出した。強い恐怖が湧いた自分の顔を、ぼくはじっと見た。

「君は何か勘違いをしているぞ！」

迷ってはいけない、ユジーンは頭がいい、時間が経てば、ぼくを惑わせるあらゆるストーリーを思いついてくる、コートニィがそう言った。今ユジーンはそれを始めた。

「黙れユジーン。悪いけどぼくは、君にだまされるわけにはいかないんだ」

コートニィとぼくは、もう他人じゃない、他人じゃない人間の言うことの方を、ぼくは信じなくてはならない。ぼくは引き金を絞る指に力を込めた。すぐに撃つんだ。すぐに撃て、ユジーンの心臓を！　それでぼくは生きられる。

「ザッカリ！」

悲鳴のような女の声がした。声の方を見て、ぼくは目を見張り、凍りついた。何だと!?

「ザッカリ、何してるの!?」

入口のところに、点滴のボトルが下がったポールを引きずって、ティアが立っていた。そして、悲鳴のような声でそう叫んできた。

「ティア！」

ぼくも叫んだ。

「どうしてここに!?」

「手術よ、人工膵臓の。あなたこそ何？　そんな銃なんてかまえて、ここで何しているの？」

「生きてたのか？」

ぼくは訊き、するとティアはちょっとだけ笑った。

「この通りよ。あなたは何してるの？」

「親株を殺さなくっちゃ。ユジーンを殺さないと、ぼくの方が殺されて、臓器を盗られてしまうんだ！　ぼくはクローン臓器の培養容器として生涯を生きるなんてまっぴらだ。ぼくは自分の手で、自分の人生を勝ち取るんだ！」

「クローン臓器の培養容器？　親株？」

ティアは言った。

「そうだティア、君が言ったんじゃないか！」

ぼくは叫んだ。

「何のこと？　私が？　私が何を言ったの？」

「君が言った、君が教えてくれた、手紙で！」

「私、手紙なんて書いてない！」

ティアは叫んだ。

「何だって!?」

「ザッカリ！」

またかん高い女の声がした。

黒ずくめの、背の高い女が部屋に駈け込んできた。

「殺すのよユジーンを、早く！　でないとあなたの命はないわよ、あなたは彼の臓器用のクローンなのよ！」

「コートニィ！」

ぼくが叫んだ。その声が異様によく響いたので、不思議に思ったら、ベッドの上のユジーン・カハネも、同じ言葉を同時に叫んでいた。

「何を考えている、コートニィ！」

ユジーンが怒鳴った。知り合いなのか？

「ザッカリ、さあ、誰を信じるの？　他人のこの人たち？　それとも私？　昨夜の私たちのこと、思い出すのよ！」

コートニィが叫ぶ。すると、コートニィの裸体がぼくの眼前に甦った。そうだ、コートニィはぼくにすっかり体を見せてくれ、触れさせてもくれた。あんなこと、他人では到底できない。そう考えたら、ぼくの気持ちは大きくコートニィに傾く。

「ザッカリ！」

ティアがまた叫ぶ。

「あなたはユジーンのクローンなんかじゃない、あなたたちはただ、双子の兄弟なのよ！」

「何だって!?」

「しっかりしてザッカリ！　あなた、だまされている！」

「双子だって……？」

ぼくはつぶやき、混乱した頭で、ブラウスの上方から手を差し入れているコートニィを、ぼんやりと見ていた。

「ザッカリ、私を信じなさい！　私たち、もう一心同体なのよ！　そうでしょう!?」

コートニィが叫んだ。

「何ですって!?　どういうことよザッカリ！」

ティアも叫ぶ。ぼくは答えられない。

「ザッカリ、しっかりしてザッカリ！　クローンなんてどこにもいない！」

ティアがそう叫んだ時、コートニィの手に、小さな銀色のピストルが握られているのが見えた。

「黙りなさい、ビッチ！」

ののしりながら、小さなピストルがパンと渇いた音をたてた。ティアが点滴のポールとともに、大きな音をたてて床に倒れ込んだ。

「ティア！」

叫ぶと同時に、反射的にぼくもベレッタの引き金を引いていた。コートニィに向かって。コートニィはのけぞるように後方に飛び、仰向けに床に倒れた。銀色のピストルは、そばの床に落ちた。

ぼくはティアに駈け寄った。

「ティア、ティア！」

ぼくは叫んだ。恐怖と悲しみで、また涙が出た。

「誰か！　誰か来てくれ！」

ぼくは大声で人を呼んだ。見ると、ベッドの上のユジーンが、館内電話を使ってどこかに電話をしている。

「フリーズ！」

頭上で太い大声がした。そしてぼくが顔をあげるよりも早く、銃が発射された。


背後を振り向くと、コートニィがもう一度倒れ込み、銀色のピストルが窓の方に、大きく弧を描いて飛んでいくのが見えた。コートニィがピストルを拾い、ぼくを撃とうとしていた。セキュリティが、それで彼女の銃を狙って撃ったのだ。

見あげると、さっきエレヴェーターのところにいた白人のセキュリティだった。来てくれたのか、と思った。たぶん、コートニィのピストルの発射音を聞いたのだ。

セキュリティは病室に踏み込んできて、コートニィのかたわらに立ち、油断なく見降ろしていた。もう一人の黒人の方は、屈んでベッドのそばの床から、サイレンサーの付いたベレッタ・クーガーを拾った。ぼくが捨てたものだ。だが、そこに捨てたという記憶はまったくなかった。

白衣の医師が駈けつけてきた。看護婦も二人付き添っていた。医師はティアのそばにしゃがみ込み、ティアのネグリジェの、血のにじんだ脇のあたりを両手で裂いた。そこに、コートニィの撃った弾丸が入っている。

「担架を、すぐにC—4の手術室だ、人を呼んで、担架はふたつだ！」

そばにいた看護婦に向かって、彼は命じた。看護婦が駈けだしていく。医師は続いてコートニィの方に寄っていく。

「先生、ティアは？」

ぼくは訊いた。

「大丈夫、今なら助かる」

医師は答えてくれた。

黒人の方のセキュリティが、トランシーヴァーで本部を呼び出し、警察の出動を要請している。

「ティア、ティア！」

ぼくはティアの名前を呼び続けていた。

「ザッカリ、痛いの。そこにいてね……」

ティアのかすかな声が戻ってきた。コートニィの方には、何故なのか、寄る気になれなかった。

11

すべてはボブ・ルービンの策謀だった。クローン人間などどこにもいなかった。アスピー・エデンは、臓器農場《オーガン・ファーム》などではなかった。実際にアスペルガー・ディスオーダーの学生たちを中心にして、彼らの教育と、社会適応の可能性を模索する施設だった。しかし、その費用がソルモン・スタンレー関連の企業から提供されていることは事実だった。

警察が訪れ、ティアとコートニィが手術室に運び去られ、二人とも生命は助かること、特にティアの方は、さして重傷とも言えないことを知ってから、またユジーンの病室に戻ってベッドサイドの椅子に腰かけ、警察官立ち会いのもとにユジーンと話した。ユジーンの容態に、事件のショックがそれほどなく、ユジーンがそうすることを望んだからだった。

　ぼくは、ユジーン・カハネと一卵性の双生児として出生した。これはティアが言った通りだった。しかし幼児期に、ぼくの方にだけアスペルガー・ディスオーダーの症状が現れた。成長するにつれて兆候は顕著になり、もう疑えないものになった。一般家庭なら、それでも問題はなかったろう。兄弟はひとつの家で一緒に暮らせたはずだが、カハネ家は、代々ソルモン・スタンレー・グループを率い、ひとつに束ねる役割を担う一族だった。後継者の兄弟にアスペルガーが出ているという事実は、関連企業に悪影響を及ぼすし、策謀に利用される可能性も出てくる。事実利用された。また、株価にも悪い影響を与える懸念があったので、一族は長い時間をかけての熟考のすえ、東海岸から遠く離れたカリフォルニアにぼくを移し、遠い血縁の女性に養育費を手渡して、別個に育てさせることにした。ソルモン・スタンレーとしては苦渋の選択だった。

　しかし養育していた女性の自殺などから、事態の深刻さを見てとったカハネ家は、このままぼくがアスペルガーに知識も理解も乏しい問題生徒一般の収容施設に容れられる危険を考えて、アスピー・エデン複合教育施設《エデュケイショナル・コンパウンド・ファシリティーズ》を立ちあげることにした。この障害に知識のある教育者たちを全米から集め、ネヴァダの砂漠地帯に広大な土地を購入して、学園コミュニティを建設した。ぼくは知らなかったが、あれは実はぼくのために企画された施設だったらしい。

するとここに大勢のアスペルガーの学生が集まってきて、しかし一族はぼくのためを考え、ぼく程度の学力と知能を持つ、好成績の生徒だけを入学させるようにした。そうした方が、アスペルガーのイメージを一新できる人材が育つという考えもあったのだろう。そんな生徒の中にティアもいた。ぼくは知らなかったが、ティアもまた、ソルモン・スタンレー幹部の家系の出だった。

しかし、こうした状況を巧みに利用して、自身の野望を遂げようとする人間が現れた。それがボブ・ルービンだった。ルービンは、本名をパノス・ユバルといい、やはりソルモン・スタンレーの幹部一族、カハネに継ぐ第二の重要家系の出だった。成績優秀で、医師と法律家の資格を持っていた。しかし彼の父親が複数の不祥事で逮捕され、パノス自身も学生時代からの品行が問題で、危険分子として幹部グループからは追放されていた。

しかし頭脳が優秀であったことはあきらかで、エール大の学生時代に書いた研究論文で、世界的な賞を獲ったこともある。特待生の待遇で、イスラエル大留学の経験もある。そのためソルモン・スタンレーの幹部内に、彼を担ぎたい一派も存在した。ハーヴァード大を首席で卒業したユジーン・カハネがもしも死ぬようなことがあれば、パノス・ユバルがソルモン・スタンレー・グループを率いる地位に就くことは、大いに考えられた。

そこで彼は、ユジーン・カハネが精神障害の兄弟に撃たれて死亡するという、非常に巧妙なシナリオを書きあげた。むろんぼくが、この実行者にあて込まれていた。ぼくはアスペルガーであって精神障害者ではないが、世間の無知はそういう理解をするだろうとユバルは予測していた。ぼくの脳の個性、つまりアスペルガーに特有の視野の狭さ、思考の際に選ばれる材料の限定性も、ユバルは計画に活用していた。

ユバルは、ぼくがソルモン・スタンレーの筆頭という家系に生まれながら、この事実を知らされず、その上不当にもネヴァダの砂漠に造ったアスピー・エデンという施設に隔離されているという事実を知って、これを計画した。ぼくがアスペルガー・ディスオーダーの症状に長く悩まされてきたこと、そしてユジーン・カハネと一卵性の双生児であること、などなどの事実を巧みに利用して、ぼくがユジーンのクローンであるという荒唐無稽なフィクションをでっちあげた。たまたま時代の関心がそうであり、ぼく自身、ティアの影響もあってこの理論に興味を持っていることを調べての、ユバルの計略だった。アスペルガーに特有の追求癖もまた、このフィクションを受け入れやすくさせた。

彼はティアの名前を騙《かた》ってぼくに長い手紙を書き、ティアがアスピー・エデンを留守にするタイミングを待った。ユバルはティアとも顔見知りだったから、せいぜい彼女の世話を焼き、彼女からぼくへの伝達係をかって出た。これを手伝っていたのが、ユバルの愛人だったコートニィ・ブラックだ。

ティアの手術は人工膵臓の移植で、これは日本の医学者グループが開発した非常に画期的なものだったけれども、はじめての試みなので、危険も大きかった。また、合併症や、移植後想定される各種のトラブルに対応するためには、全米一の施設を持つ、ニューヨークのサイナイ病院がよかった。

ラス・ヴェガスの歯科医に行ったティアは、メトドロニックの故障でインスリンのチャージ不能となり、いきなり昏睡状態に陥った。親戚筋にあたる彼女の世話役からの連絡で歯科医に駈けつけたユバルは、応急処置をしておいて、即刻ニューヨークのサイナイ病院にティアを搬送することにした。人工膵臓の移植手術の準備がニューヨークで整ったこと、そのようにすれば、ティアがぼくに連絡しないでいきなり姿を消すことになるので死亡を装え、好都合だったからだ。その上、このようにしたならティアがPCを携帯しないことになり、アスピー・エデン内で携帯電話《セルラー・フォン》を持たない生活をしていたティアは、ぼくに連絡をする方法がない。このメトドロニックの故障もまた、ユバルかコートニィの作為ではないかとティアは疑っていた。

それまでティアの信頼が厚かったユバルは、ティアの部屋のキーも預かることができていた。そこで偽の手紙をベレッタ・クーガーとともに部屋のキッチンの戸棚に用意し、ぼくがティアのPCのパスワードも知っていると知り、ティアが自分のPCにぼく宛のメイルを書いたという仕掛けにした。これだけ手が込むと、ぼくが疑わなくなる。好都合なことには、移植手術によってティアは当分は寝たきりになり、回復後もしばらくは両手が使えない。よって電話がかけられないし、ネット・カフェにも行けない。行けるようになってもしばらくはキーが打てない。そうなら、ぼくや学校に連絡ができなくなるのだった。

ティアのメッセンジャーとなったユバルは、まずネット・カフェからティアのＰＣにメイルを入れておき、アスピー・エデンの総務課にティアの容態の報告にやってくると、ティアの部屋に入って、キッチンに偽の手紙とベレッタ・クーガーの入った木箱を置いておいてからぼくを訪ね、ティアが書いたと見せかけた、部屋のキー入りの手紙を手渡してきた。

うまうまと彼の手に乗ったぼくは、そのキーでティアの部屋に入り、パソコンのメイル・ホルダーに、ユバルの書いたメイルを見つけ、これの指示にしたがって、キッチンの戸棚からピストルと手紙の入った箱を見つけ出した。すべては彼の計算の通りだ。そしてティアからと見せかけたユバル作の巧みな手紙を読んで、ぼくはすっかりだまされた。

ラス・ヴェガスのサーカス・サーカスへのフィールド・トリップの日、ぼくは仲間から逃走し、ユバルがボブ・ルービンという名前でぼくを待つために借りていたオフィスに逃げ込んだ。罠の檻に、自分から飛び込む獲物のようだった。そこで彼の愛人コートニィを紹介され、彼女によって、たちまちニューヨークまで連れてこられた。アスピー・エデンの捜索員にぼくを見つけさせないためだ。またティアが、そろそろパソコンでぼくにメイルが打てるようになる頃合いだからだ。

ユバルはその後すぐに、ラス・ヴェガスのオフィスを引き払ったはずだ。借りた際の名前などは当然偽名だろうから、後からは捜しようもない。ラス・ヴェガスには、身もとが不確かでも、一週間の借用でも、前金の払いさえよければオフィスを貸してくれる一角がある。

ぼくはニューヨークでコートニィに説得され、双子の兄弟であるところのユジーン・カハネの射殺を決意させられる。ユジーンの入院は、ティアの臓器を移植したゆえと思い込まされていたぼくは、ティアへの友情と、自身が生き延びるため、彼の殺害を決意する。世間知らずのぼくをコントロールするのは、赤子の手をひねるようなものだったろう。ユジーンの手術の実際は、臓器移植なかどといった大げさなものではなく、ただの胆嚢の切除だった。

けれどもここに、彼らの具合の悪いことがあった。ユジーンがブルックリン・サイナイを選んだのは馴染みにしていたからだが、ティアの手術もまた、全米一最新機材の揃った、同じブルックリン・サイナイでなくてはできなかったということだ。同じ病院内にティアも入院しているということは、コートニィとユバルにとっては非常な不安材料だったろうが、ぼくがユジーンの射殺のためにサイナイ病院に入るのは、ほんの数十分程度のことであるし、大病院なので、ぼくがリハビリ中のティアに気づく可能性はまずなかった。

ところが、コートニィやユバルにとっては不運なことに、受付にいたのがたまたまユジーンやティアと話したことのある看護婦だった。ティアは、ユジーンとは遠い親戚にあたったから、彼とは一度対面もした。そうしたら顔がぼくとそっくりだったから、背後にあるらしい事情を、ティアはおおよそ洞察した。そしてネヴァダにいる自分のボーイフレンドが、ユジーンと双子らしいと、その看護婦に何度か話していた。そうしたらユジーンにそっくりな人物が受付に現れたから、これがティアのボーイフレンドだろうと見当をつけた看護婦は、ティアを元気づけるため、彼女に好意でぼくの来訪を知らせた。それでティアは、ユジーンの病室まで、点滴のボトルを引っ張って遠征してきたのだった。

コートニィの計画は、以下のようなものだったはずだ。双子の兄弟を射殺したぼくが一階に降り、裏口から外に出てみると、そこにはコートニィもバイクもない。コートニィに何かあったのだろうかと途方に暮れたぼくは、おそらくふらふらと街に出て、コートニィを探して一人ニューヨークをさまようことになる。セントラルパークの木の下で何日も野宿するかもしれないし、地下鉄の駅でたむろするかもしれない。そうして軽犯罪でも犯して警察沙汰になってくれれば、放っておいても照合によってユジーン殺しの犯人と判明し、逮捕される。

ぼくがアスペルガー・ディスオーダーだと判明すれば、ぼくの主張など信用されない。まして臓器移植用のクローンとして生まれさせられたなどと主張した日には、精神障害で治療の要ありと法廷で認定され、精神病院に送られて生涯収監という判断にもなる。もしもそういう展開になりそうでなかったなら、ユバルとコートニィが探偵を雇ってぼくを捜し出し、居場所を警察に通報するつもりだったのだろう。

ぼくがユジーンを射殺するであろう時間帯、ユバルはどこかでアリバイでも作っていたのだろうが、二十四階のエレヴェーター前にいた二人のセキュリティや、受付の看護婦の証言から、ぼくが射殺犯であることは疑いを容れない。だからコートニィは別にアリバイ作りはせず、ぼくの後ろからついてきて、首尾を探っていたのだろう。社員証がないから自分は面会に行けないというのは嘘で、入院患者が特に名指しで拒否しない限り、面会には誰でも入れる。

　相手は入院中の病人一人、同室者はなく、看護婦たちはランチ、武器はピストル、どの角度から見ても失敗は考えられない計画だった。ところが、たった一％の失敗要因が稼働した。なんとティアが、ユジーンの病室に入っていったのだ。あり得ないことが起こった。

　髪の毛一本ほどに細い確率だったティアとぼくの遭遇が、コートニィの眼前でまさに起ころうとしていた。二四〇二号に向かうティアを見たコートニィは、発狂しそうだったろう。しかしセキュリティの手前、手は出せない。成功はもう目前だった。ユジーン・カハネが死ねば、パノス・ユバルがソルモン・スタンレーの総帥におさまり、彼の恋人であるコートニィは、贅沢のし放題となる。金銀宝石も思いのまま、世界中の別荘を飛び歩き、一流店で買い物三昧の、王侯貴族のような生活が待っている。

　コートニィはユジーンの病室に飛び込み、冷静さを失って、早くユジーンを撃てとぼくに叫んでしまった。これをやっては駄目だ。それでは自分がユジーンを射殺するのと大差がなくなる。単独行動のすえ、ぼくが自発的にユジーンを撃ってはじめて、ユジーンの死に、彼女やユバルの無関係が成立する。しかし発狂したコートニィは、さらにブラジャーに隠して持ち込んでいた小型のピストルでティアを撃ってしまうという失態を演じた。これによって彼女の言い逃れの余地はなくなり、首謀のユバルもまた、退路を断たれた。

　パノス・ユバルは今のところ行方をくらまして

いるが、早晩見つかるだろう。法律に詳しいユバルのことだから立証は困難だろうが、ティアを撃ったコートニィが病室から動けない以上、彼も有罪はまぬがれないだろう。

ティアの傷はさいわい深くはなかった。ベレッタの小型ピストルの弾丸は、威力がない上に、うまい具合に肺と腎臓の間に入って留まっていた。病院内でのことで、処置が的確で早かったから、手術によって体力が衰えていても、ティアの命に別状はなかった。

一方コートニィは、右の肺が破れて収縮していたから相当な重傷で、病院内での受傷でなかったなら生命を失っていた。幸いこちらも処置が早かったから命をとりとめた。コートニィの怪我は、自分がしたことなので心が痛むが、ぼくが撃たなければ彼女は二発目、三発目を放ってティアを殺していた。ティアを殺さずにすんだから、彼女の罪も軽くなったのだ。

これが、今回の事件の裏面構造のすべてだ。ぼくという存在は、徹頭徹尾、利用されただけだ。

「君には本当に申し訳ないことをした」

とユジーンはぼくに語った。

「君を東海岸から離したのはぼくの判断ではないけれど、ぼくはハイスクール卒業のおり、君という双生児の兄弟がいることを母親から知らされた。母も申し訳ながっており、会いたがっていた。だが君の存在を公にすることは、カハネ家の統帥権を危うくする危険なことだった。だからぼくは、飛び級によって大学を出、経営権を父から譲り受けたのちも、君をこっちに呼び寄せる計画書にサインをしなかった。アスピー・エデンへの寄付金の増額には、迷わずサインをしたけれどね。だからここ数年間における君の環境は、はっきりぼくの罪だ」

　聞いてから、ぼくは首を横に振った。

「アスピー・エデンでのぼくは幸福だったよ。図書館に行って、カフェに入って、チャイラテでペストリーを食べながら、借りてきた本を読んで、それから噴水のほとりを散歩した。木からオレンジをもいで齧《かじ》って……」

　するとユジーンは、くすくすと笑った。

「エデンの園、そのままの生活だね。あの複合施設は、ぼくも計画設計の段階から参加した。兄弟の居心地を少しでもよくしたくて。だけどぼくの罪の意識は晴れなくて、だからアスペルガー・ディスオーダーについても徹底して勉強した。何故それが君に出て、ぼくには出なかったのか。同じ胚盤胞から分裂してできあがったふたつの個体なのに、神のルーレットには君が命中した。マスがひとつずれれば、ぼくがネヴァダにいた。だから、せめて施設の運用資金は潤沢にといつも心がけていた」

「そのこと、感謝しているよ、あそこの居心地はとてもよかった。それまでのひどい環境に較べたら」

「ああザッカリ。本当に申し訳なく思う。だけど、ぼくはもう決心した。アスペルガーの脳の障害特性については、ぼくももう充分理解している。君は、人並以上の能力を持っている。だから君にもこっちに来てもらう。人が何を言おうと、もう気になんてしない。そして社のスタッフに紹介して、君には相応の部署と、部下を用意する。そして君でなくてはできない種類の采配を振るってもらう」

ぼくはしばらく放心していた。考えていたのだ。それから言った。

「君に会えてよかったよユジーン、ぼくの兄弟。会えて、どんなに嬉しかったことか。会った途端に君とは解り合える気がして、アスピー・エデンを知るまでの、あのひどい人間関係と比較して、嬉しくて懐かしかった。そしてそんな君がぼくを殺して内臓を盗ろうとしていると誤解して、会った途端のお別れが悲しくて、全然涙が止まらなかった。神はなんて残酷なことをされるのかと思った」

「ザッカリ、ぼくの兄弟、ぼくだって同じだ。東にいる君の存在を知って、アスペルガー・ディスオーダーについて一生懸命勉強した。片時だって君のことを忘れたことなんてない。いつ会おう、どうやって会おうかと、そのことばかりを考えていた。だから、いきなり君がこの部屋に入ってきた時、どんなに驚き、また嬉しかったことか。ぼくの態度をパノスやコートニィは予測して、君にあれこれと吹き込んだのだろうけれど、あれは演技なんかじゃない、本心だ。君と会う日のこと、ぼくは繰り返し繰り返し思い描いていた。その時、君と交わすだろう言葉をあれこれと想像して、眠れない夜もあった。だから憎いパノスたちだけれど、怨む気にはなれない。こうして君と会う機会を作ってくれたんだから」

「君と時々会って話せたら、どんなにいいだろうな、ぼくらはきっと解り合える。ぼくにはずっと友達がいなかったから……」

ぼくは言った。

「もう別れの言葉なんて言わせないよザッカリ。君の能力に相応しいポストを用意する。トレーニング・ジム付きの重役室だ。君の好きな車と、運転手《ショーファー》を付けようじゃないか。君はどんな車が好みなんだ？　ＢＭＷか？　ロールスロイスか？」

「好きな車なんてない」

　ぼくははっきり言った。

「では好みの女性のタイプは？　そんな秘書を……」

「ユジーン、ユジーン」

　ぼくは彼の言を遮って言った。

「その話は、悪いけど断る。君とは時々会いたい、会って話したいけど、一昨日からの三日間を考えたらぞっとするんだ。巨額のお金が動く世界、その利権を目指して暗躍するパノスやコートニィのような人たち、それに巻き込まれたあの地獄のような時間、生涯最悪の時だった。ぼくは人を殺す決心をさせられたんだぜ、自分が生きるためだと嘘をつかれて」

　見ると、ユジーンは頷いている。

「怯えて涙を流し、懐かしくて涙を流し、悲しくて泣いた。何年分もの涙を流した。あの時ティアが現れてくれなかったら、たった今ぼくは……、そう考えたら、恐怖と嫌悪で体が震える。ぼくにはとてもついていけない。こんな世界、ほんの一分だって嫌なんだ」

「ザッカリ、あの連中は特殊だ。あいつらは異様な悪党だ」

「そうは思わない」

　ぼくは、ゆっくりと首を横に振りながら言った。

「あの二人は、ちょっと思いきりがよかっただけだ。全然特殊じゃないよ」

「ザッカリ、この街から、君も世界の金融を動かせるんだぜ。そして自家用ジェットも、クルーザーも、どんな望みだって思いのままだ」

　ユジーンが言い、ぼくはまた首を左右に振って言った。

「興味ない」

　そう思うから、コートニィたちはあんなになったのだ。ユジーンにはそれが解らないのだろうか。

「ユジーン、君は解らないんだよ。ぼくにピストルを突きつけられて、君も恐怖を感じたろうけど、ぼくの方はその百倍だった。あんなひどい気分、生まれてはじめてだ。絞首台に向かわされる方がまだましだった。ほんの少しでもあれに似た気分、もう一秒だってごめんだ」

　ユジーンは沈黙を続けていた。

「正直に言えば、この部屋にも、もうこれ以上いるのは苦痛なんだ。ぼくは、アスピー・エデンに帰るよ」

「ネヴァダの砂漠の中の、あの施設に？」

　ユジーンは訊いた。

「ああ」

　ぼくは言った。

「ここにもうひとつ造ればいい」

　ユジーンはこともなげに言い、ぼくはまた首を振った。

「あそこがいいんだ。あそこが、ぼくには『安らぐ平野の頸《グ・エディン》』なんだよ。ティアと二人、ずっとあそこにいられたら、ぼくはもうそれで満足なんだ」

「生涯？」

　ぼくはしっかりと頷いた。

「うん、生涯」

「そうか」

　ユジーンは言った。

「ぼくはあそこに帰る。そしてあそこで、ティアが回復するのを待つよ」

「この病院で待つのは……?」

ユジーンが言い、ぼくはまた首を横に振った。

「ここは……、許して欲しい」

ユジーンは頷いた。

「じゃ、もう行くよ」

ぼくは椅子から立った。

「ああ、まだ二、三の調書が……」

警察官が言った。すると、ユジーンが手をあげてそれを制した。

「ぼくが代わってすべて答えるよ、彼の分も。彼を行かせて欲しい。彼の居場所は解っている。ザッカリ、誰か人を付けよう」

「要らない。君の世界の人は信用できないから」

ぼくはアスペルガーの者らしく、率直に言った。

ユジーンは苦笑した。

「ザッカリ、お金がないだろう?」

「あるよ」

パノス・ユバルにもらった金だが。

「空港も知っている、タクシーで行くよ。ではこれでお別れだユジーン、早くよくなってね」

「ありがとうザッカリ、君も元気で」

「うん。じゃあね」

ぼくは手をあげ、ベッドサイドを離れて廊下に向かった。床は見ないようにした。コートニィやティアの流した血がまだそこにあるからだ。

「ザッカリ」

ベッドの上から、ユジーンが呼びかけてきた。それで出口の手前でぼくは立ち停まり、兄弟を見た。彼もまた、じっとぼくを見ていた。

「君は、ぼくに怒って出ていくのか? あんな兄弟じゃ、とてもつき合いきれないって」

ぼくは首を振った。

「違うよ」

「また会いたいって、思ってくれるか？」

「もちろんだ、会いたいよ」

言ったら、ユジーンは、黙ってじっと考えていた。本当なのかなと考えているふうだった。それから、気をとり直してこう言う。

「解った、ありがとう。エデンの園のみんなによろしく。ぼくは禁断の木の実を食べてしまったから、もうあそこには帰れないけど」

ぼくは少し考えてからこう言った。

「ユジーン、それは違うだろう？」

「何が？」

「君が造物主なんだ。だってエデンの園を創ってくれたんだろう？　違うのか？」

「ザッカリ、君は皮肉を言ってるのか？」

ユジーンは言った。

「そんなんじゃないよユジーン。今日までぼくは、ずっとこう思っていた。善悪の木の実をひとつ食べたくらいでアダムとイヴを追放するなんて、主はなんてひどいんだろう、なんて狭量なんだろうと、昨日までそう思っていたんだ。でもぼくは解った、今度のことで。ぼくもまた、禁断の木の実を齧った……」

ユジーンの顔を見たら、彼は無言でいる。そしてこう訊いてきた。

「そうしたら？」

ぼくは顔を激しく歪めて首を左右に振った。

「ひどい味だった。苦くて、酸っぱくて、腐っていた。もう二度と食べたくない」

ユジーンは放心した。それからゆっくりと溜め病室を出た。

息を吐いた。そして、

「そうだったな」

と言った。

「だからぼくは、造物主たる君に訊きたい。いや、お願いしたいんだ。ぼくは罪を犯した、禁断の木の実をひと口だけ齧ってしまった。でも、どうかお願いだ、追放なんてしないで、またぼくを、あの楽園に受け入れて欲しいと」

ユジーンは、するとまた二度三度頷いている。それからこう言った。

「いいともザッカリ、世界に二人といないぼくの兄弟だ、喜んでこう言うよ。またエデンの園に戻ってくれたまえ」

聞いて、ぼくに嬉しさがこみあげた。

「ありがとうユジーン、そうするよ」

そしてぼくは手をあげ、ゆっくりとユジーンの

ヘルター・スケルター

Helter Skelter

1

天井のスピーカーから、ポール・モーリアだかマントヴァーニだかの、ろくでもない音楽が降ってきていた。聴くともなく、俺は聴いていた。ほかにすることもなかったからだ。

ベッドに寝ている自分の朦朧とした視界でも、病室のドアが開けばすぐ解る。室内の気圧が変わり、窓の手前に下がったプラスティックのピースが揺れて、さらさらと触れ合うからだ。

音楽家になりたいもんだ、と俺は思った。この世は生きた音楽で満ちている。ロックのビートでいっぱいなんだ。俺はそれを感じ、取り出すことができる人間だ。マントヴァーニなんてガラクタが一番音楽と遠い。あれは音楽の顔をした催眠薬だ。

女医は黒縁の眼鏡をかけ、医師用のブルーのガウンでカートに乗り、機械に押させて颯爽と登場した。腰までしかない短いガウンに、パンティが見えそうなくらいに短いスカートを穿いていた。会うのはまだ二度目だが、何回見てもふるいつきたくなるほどのいい女で、笑うとますます女っぷりがあがる。髪はアップにして、カルテを留めたプラスティックのボードを膝に置いていた。

「やあ先生」

実際にやってみると声がよく出なかったが、俺はせいぜい愛想よく言った。美人の女医にも愛想よくして欲しかったからだ。

「ハイ、クラウンさん、調子はどう?」

女医はにこやかに言い、俺のベッドの傍らに入ってきた。機械がその位置で車椅子を停めたのだ。

声を聞くのは二度目だが、どこか聞き取り辛い、ちょっと金属的な声を出す女医だ。だがいい女には違いない。

手の空いている方の機械が、女医の命令でベッドの下のどこかを調節したから、俺の上体が電気仕掛けで少し起き、女医と話がしやすくなった。ゴチャゴチャしたふうの、これでも人型に造ったつもりらしい機械二つは、女医の左右に停止した。

「あなたは二週間以上も眠っていたのよ。そろそろきちんと目が覚めた頃と思うから、こうしてやってきたの」

女医は金属的な声で言った。

「さっきと変わらないさね先生」

俺は言った。

「えらく心細い気分だ。なんていうか、死にそうだ。自分が誰だか全然解らないし、俺は誰なんです？　目がよく見えない、あたりがずっと薄ぼんやりしているんだ。なんだか一日中でっかい暗室の中にいるみたいで、写真屋にでもなったみたいだぜ。昔の記録映画があるだろう？　学校で何度か観せられたような退屈なやつ、トマス・エディソンだの、ロックフェラーだのが出てくるようなあれさ、あの映画の中にずっといるみたいだ」

「子供の頃、学校でそんな映画を観せられたことは思い出せるのね？」

俺はしばらく考え、言った。

「ああそうだ、思い出せますよ」

「大丈夫、あなたはもうかなり思い出しているはずよ。脳波も充分に従来的だわ。動かないでね、今も測定しているのよ。気分はどう？」

「ああ、まあまあだな、気分はそんなに悪くはないよ、かなり縮みあがってはいるみたいだが。ここがどこだか解らなくて、相当恐怖を感じているらしいな」

「客観的な観察ね、クラウンさん。病院よ、心配しないで。私たち、あなたを立ち直らせたいだけ。リラックスして楽しんでね」

「へえ、楽しむんですかい？」

「そうよ、私たち、これから会話をするだけ。私を信頼して楽しんでね」

「ああそうします。どうしたものか、気分は悪くないんだ」

「それは薬のせいよ」

「薬？　へえ……。で、先生、これから俺はどうなるんで？」

訊くと、ちょっとした沈黙になったので、俺はちょっと肝が冷えた。女の医者は、どう言ったらいいものか、深く悩んでいるというふうだった。

こいつは相当悪いってことかい、と俺は考えた。

「先生、はっきり言ってもらえませんか。だんまりでいられるとかえって神経にこたえる。俺は絶望なんですかい？　このまま治らないと？」

「クラウンさん、あなたを助けたいから言葉は飾らないで言うわね。嘘の慰めなんて、あなたも欲しくはないでしょう」

「ああ、そりゃま、そうだ……」

言ったが、聞いていて、不安で胸が苦しくなった。

「あなたが、生涯このままっていう可能性も、あるわね」

「このまま……、っていうと、ずっとベッドの上にこうして？」

「ええ」

「自分がどこの誰だか解らないままでずっと？」

「そうね」

「いったいどこで暮らすってんです？」

「病院ね」

「病院？　一生」

「そうよ」

女医は遠慮なく言った。

「ずっとこのまま、ここに寝たままで……」

「うーん、それならいいけれど」

「それならいい？　どういう意味です？」

「あなた、今朝少し暴れたの、憶えている？」

「いや」

「あなたの脳は、テストステロンの分泌が多いわ」

「テストステロン？　はあ……、なんだか知らないが、それだとどうなるんで？」

「遠慮なく言うと、このまま自分を見失ったままでいると、あなたのようなタイプはたぶん自己崩壊を起こすと思う」

「自己崩壊を？」

「そう」

「自己崩壊って何です？」

「暴れるのよ。他人だけでなく、自分も傷つけることになるわ。きっと凶暴な発作が起きるはず。自殺願望も起きるかも。そうなら、薬と手術でおとなしくなっていてもらうほかはなくなるでしょう」

「薬と手術でだって？　つまり眠らされるのか」

女医はしばらく沈黙したのちに言った。

「そうね、そう言ってもいいわ」

「眠ったまま一生を終えるってのか？」

女医はまた沈黙する。

「冗談じゃない、そりゃ死んだのと同じだ」

女医は、また沈黙してから言った。

「確かにそうかも」

「なんとかならねぇんですかい、冗談じゃねぇよ、俺はこの通りまだ元気なんだ、熊みたいに冬眠なんぞしたくはないよ。助けてくれませんか先生」

するとと女医は言った。

「望みがあるからこそ、事態を正直に話したの。助けける道がなければ言わないわ」

「どんな?」

「今から五時間以内に、あなたが自分の力で自分を取り戻すことよ」

「自分を?」

よく意味が解らず、俺は言った。

「そうよ、自分のこれまでの人生を、独力ですっかり思い出すの。あなたの脳はこれまで少なくとも三度、大きなダメージを受けているの。今回のものが三回目よ。だからさっきまでのあなたは、自分に関しては何ひとつ思い出せなかった。でもこれからの五時間は、生涯ただ一度きりのチャンスなの」

「生涯ただ一度? 何故です?」

「今なら思い出せるけれど、五時間後には非常にむずかしくなるのよ」

「何故なんです? いったい誰が決めたんだ、そんなこと」

「薬よ、Lドーパ、これは一度しかきかない。そして効能はだいたい五時間よ。これからの五時間はあなたにとって最大の、そして最後のチャンスなの」

「最後の……」

「そうよ、だから私たちは最大限の助力をするわ。あらゆる方法を動員して、あなたの記憶を呼び戻す手助けをする。だからあなたもこういう事情をよく理解して、全力をあげて欲しいの」

「へえ、解りましたがね、しかし明日か明後日、そのLなんとかをまたうってもらうってわけには？」

「もちろんそれは考慮しています。でもそれはあまりにリスクが大きくて、得るところが少ないの。明日またこのLドーパをあなたの脳に入れても、あなたの脳を活性化させる効果は、今日の千分の一になるわね」

「千分の一……」

「トランキライザーを呑むのと同じ程度ね。そしてひどい副作用がくるでしょう」

「どんな？」

「さまざまよ、ひどい鬱症状が出たり、失見当、幻覚、妄想、記憶をはじめとする脳の多くの障害が、今以上に進行するかもしれない。悪くすると廃人になるかもしれないのよ、何故ならあなたの脳には、これまでに多くのドラッグを使った形跡があるから。そうでしょう？　クラウンさん」

　俺はしばらく考えてから、黙って頷いた。どうやらそうらしいことを思い出したからだ。

「思い出したのね？　それもあって、何度もは使えないの。廃人化を避けるには、最低一週間は時間をあけたいわね、次の投与までに」

「はあ」

「でもその頃にはあなたの記憶は鍵のかかった箱の中よ。どう？　理解してもらえたかしら」

「へえ、充分に」

「よかった」

「で、どんなことを訊きたいんです先生、ええと……」

俺は言って、じっと女医の顔を見つめた。説明では落ち込まされたが、見つめるうちになんだか元気が戻る心地がする。これも薬のせいか？　確かにドラッグみたいだ。ドラッグ？　そうだ、この感じはドラッグだ。

しかしなんていい女だろう。すぐにでも床に押し倒したいくらいだ。

「ラッセルよ。あなたが思い出せることならなんでも」

彼女はにこやかに言った。

「でもラッセル先生、俺は、名前も解らないんだ」

「名前、思い出せないかしら？」

ちょっとやってみてから、俺は首を横に振った。

「全然」

「トマス・クラウン、どう？　思い出した？」

俺はじっと天井を見つめ、考えた。トマス・クラウン、トマス・クラウン、トマス・クラウン——、するとその音にくっついて、字面だの、自分自身の姿かたちだのが、遠くの暗がりからひょこひょことこっちに近づいてきた。それは、なんだか笑い出したくなるような様子だった。

「トマス・クラウン、トマス・クラウン、トマス・クラウンか……、ああそうだな、だんだん思い出してきた。そうだ、そうだよ先生、俺は確かにトマス・クラウンだった。ははは、確かにそうだ、そうだったよ、忘れていた、俺は確かにトマス・クラウンさんだった」

俺はげらげら笑いだすところだった。医者に自分の名前を教えてもらって真剣に感心している人間のことを考えると、クロンナウア（ヴェトナムのＧＩの間で大人気になったＤＪ）ばりのジョークに思えた。

「よかったわクラウンさん、第一歩は見事成功ね、おめでとう」

女医が言った。しかし俺は、ずっと笑い続けながらトマス・クラウンのことを考えていたのだ。じっと思いを巡らすと、トマスが生まれた街、育った家の中の、壁や家具の様子だの庭の芝生だの、通った学校だののことがどんどん思い出されてきた。まるで自叙伝の一ページ目だ。今のことより、ガキの頃の話がまず先ってわけだ。

「ああ思い出してきたよ先生、薬の効能は絶大だな」

「あらそう」

「トマス・クラウンさんの長い長い人生物語だ、だんだんやってきたよ、この俺のおつむに。なんとか、第一章少年の項は、無事に戻ってきたぜ。で、先生、俺に何を訊きたいんだって?」

「なんでもよ、あなたが思い出せることはなんでも」

「ああ先生、そいつは勧められないな、長い長い話になるぜ」

俺は言ってやった。

「かまわないわクラウンさん。私は長い話を聞きたいの。あなたは体力があるみたいだし、子供の頃から行きましょう。私はいいわよ、一週間でも。でもあなたはどうかしら」

「ああ、まあそりゃあな、先生がそうしたいなら、こっちはなんとかＯＫさ。しかし薬の効き目は五時間なんじゃあ?」

「ええ、でもうまく滑り出せれば水路が開くから、もっと続くはず」

「へえそうなのか。そいつはありがたい」

俺は言った。なんだかごきげんの気分だった。ドラッグをやった時のようにハイになった。

「クラウンさん、もう一度心がまえを話すわね、よく聞いて、とても大事なことよ。あなたのこれからの生涯が人間らしくあるか否かは、今からの五時間にかかっているの。だから必要なら私、何度でも言うわよ。あなたがここからうまく脱するためには、患者のあなたはもちろんだけれども、医師の私も一致協力した、辛抱強い努力が必要なの。この点、解ってもらえるわね？」

「ああそりゃもう、よく解りますよ」

「それも、あんまりのんびりはできないの。あなたがうまく回復するためには、覚醒してからあんまり間は置かない方がいいのよ」

「起きがけに、今見た夢を思い出すようなものかな」

「まさにその通りよクラウンさん！　とてもいいたとえだわ。そしてチャンスは一度きり、しかも与えられた可能性は長くて五、六時間、とても短いわ。時間が経てばあなたの脳は、記憶を失った今の状態で固定してしまう。そうなってから記憶を呼び戻すには、今からの努力の、何十倍も、何百倍もの力が必要になるの」

「ははあ、そうなんですかい」

「実際問題としてはそれは不可能なこと。そして説明したように、この薬は何度もは使えない。あなたを廃人にはしたくないもの。この薬は、一種の麻薬なのよ。だから私たち、今からの機会を絶対にミスしないようにしなくてはいけないの。解るわね？」

「へい先生」

「これはただ一度だけのチャンスと思ってちょう

だい。だから最大限の努力を傾けて。どんどん思い出してね、そしてどんどん言葉にして口に出すの。それであなたの脳に記銘が起こるの。そしてあなたは過去を取り戻したことになるの。でないとあなたは、これから先ずっと、自分を見失った迷子として、ベッドの上で自由を奪われて生き続けなくてはならなくなる。いい？　理解できるわね？」

「へい、よく解りましたよラッセル先生」

俺は言った。まるで小学生が教師に言うような気分だ。

「でも先生、それで俺は治るんですかい？」

「もちろんよクラウンさん。でもそれは私たちの努力次第。さあ始めましょう、苦しくなったら言ってね」

「ＯＫ、そうします」

「さあ行くわよ、また訊くわね。あなたの生まれた場所は？」

「生まれた場所はジョージア州のブランズウィックの近くの、ローランドってちっちゃい港街でね」

「東海岸ね。あそこ昔、海岸に大きな鮫が来たことがあったわね」

言われて、すぐにそのことが思い出せた。蛍光灯がまたたくようにひらめいたのだ。

「ああ先生、よく知っていますね。街中が大騒ぎだった、アメリカ中でニュースになったらしいな、なにしろ海水浴場に出たんだからね。だから入江に追い込んで、海軍が機雷で殺そうとしたんだ、どんってな」

「それは何年頃のこと？」

「あれは……、そうさな、俺がハイスクールの時代だったから、一九四八年か九年頃だったろう。あの頃は街も景気がよくってさ、俺は街一番の美人だって定評のあった娘を、海水浴場近くのセーラーマンズ・バーに誘った」

そして俺は言葉を切り、先生の顔を見て言った。

「どうだい先生、すらすら思い出せるぜ」

「とてもいい調子よクラウンさん、さあ続けて」

「未成年だったからな、飲んだのはソーダだったけどさ。あの子の方も俺に気があったと思うね。すごい美人だった、ちょっと先生みたいだったよ。体つきがほっそりとして、脚が奇麗だった」

「そう。で、彼女をものにしたの?」

「ものにしただって?」

俺はぎょっとした。

「そうよ、セックスしたの?」

俺はあきれ、ちょっと絶句した。

「なんてこと訊くんだい先生、それも医学上の必要性ってやつかい?」

「もちろんそうよ。で?」

女医は解放してくれなかった。それで俺はゆっくり考え、思い出した。

「思い出した。そんなことはしないさ。ただキスして……、全部言うのかい?」

「ええそうよ、それが治療なの」

「ちょっとスカートの中に手を入れて、ほんの少しあそこに触っただけだ。ほんのお遊びだったよ。だって、高校生なんだぜ」

「あなたの方は、それでよかったの?」

「いいわきゃないが、どうやりゃいいか、まだよく知らなかったしな」

「感じて、頭がかっとしなかった?」

「したさ、だが、それでどうなるものじゃなし」

「本当にそう？」

言われて俺は、また絶句した。

「どういう意味だい先生」

「あなたはその頃まだ童貞だった？」

俺はあきれた。

「そんなことまでが治療に必要なんですかい？」

「そうよ」

「そんなことは憶えちゃいない。いや、思い出せないな」

「彼女をレイプしようとは思わなかったの？」

「そんなこと、考えもしない」

「そう？　では部屋に帰ってからマスターベーションをした？」

俺はまた絶句した。なんでもずけずけ訊く女だ。

「そんなこと、憶えちゃいない」

「その子に本気じゃなかったのね？」


「冗談じゃねえ、こっちは本気だったさ。向こうがいいなら、こっちは結婚してもいいと思っていたんだ。でもあの子には言い寄る男が多かったからな。当人、まだ遊びたかったんだろうさ」

「あなたは、親戚にもらわれたんだったわね」

「ああ、育ててくれた両親には子供がいなかったから」

「問題児だったってことよね」

訊かれて、またゆっくりと考え、俺は記憶をたどった。それから言った。

「どうしてだい、何故そんな？　非行歴もないと思うぜ、真面目なものだった」

俺は言った。

「動物を虐待して、補導されたことがあるわね？　思い出してみて」

女医は腿の上に置いたカルテを見ながら言った。

俺はまたじっと考え込んだ。ずいぶん考えたが、何も思い出せなかった。

「動物？　補導ったって、逮捕されたわけでも、少年院に入れられたってわけでもないだろう。そんな程度のこと、誰にだってあるはずだ。子供時代に。犬や猫を狭い場所に閉じ込めたりなんてのはな」

「鳥の雛を飛ばそうとして、何度も空に放り投げた」

またじっと考える。そうして、

「そうなら、早く羽ばたかせてやりたかったんだろうさ」

と応えた。

「テニスのラケットで何度もお尻を打って、ボールみたいに。そして結局殺してしまった」

「ああそうなのかい？　そうだったかな」

「生きている鳥を、ボールみたいに打って楽しんだのよ、あなたは。思い出して」

しばらく考えた。しかし、何も出てはこなかった。

「思い出せないが、だがそんなのは子供の頃のことだよ。おとなになってからの俺は、ごく真面目なものだった。子供らにサッカーを教えていた。けっこう子供たちに慕われているんだぜ」

「そう？　それはどこで？」

「もちろんここさ、ＬＡでだ」

俺は言った。

「場所は？　ＬＡのどこのグラウンド？」

「チャッツワースだ。あれは、チャッツワース・パーク・サウスのグラウンドだよ」

「あら、思い出せるのね？」

「ああ、ばっちりよ」

俺は目を閉じ、考えながら言った。

「子供に慕われているのね?」

「そうさ、俺がサッカー・ボールを持ってグラウンドに出ていくと、チビ連、歓声あげて寄ってくるぜ」

「それ何年のこと?」

「何年? 何年って、もちろん今年だ」

俺は言った。

「だからそれは何年?」

「今年だよ先生、一九六九年だ」

笑って俺が言うと、女医は真剣な顔で頷いた。

「そう、あなたは今いくつ?」

俺はとうとう声をたてて笑いだしてしまった。

あんまり馬鹿馬鹿しい質問が続くからだ。

「歳? 俺の歳かい先生」

「そう、あなたの歳よ」

「俺の歳なんて訊いてどうするんだい先生よ。ちょうど先生といい釣り合いになるくらいだぜ。先生のちょこっと上くらいだろうな、結婚しようか」

すると美人のラッセル先生も笑った。悪くない手応えだ。

「私、こう見えてもけっこういっているのよ、歳」

彼女は言った。

「かまわないさ、俺は年上も好きなんだ」

俺が言うと、彼女は華のような笑顔を見せ、こう言ったものだ。

「まあ、残念ね、私にはもう亭主も子供もいるわ」

俺は天井を仰いだ。

「ああなんてこったい、また失恋か!」

ベッドに横たわったまま、俺は両手を広げた。実際残念だったのだ。彼女はまったくのところ俺の好みだった。俺はインテリ女が好きなのだ。

「先生のご主人も医者かい？」

「そうよ」

「ふうん」

俺は納得した。インテリ同士の夫婦か。ありがちなことだが、この手の女はたいがい荒々しいセックスに憧れているものだ。

「ところであなたいくつ？」

女医が訊いてきた。

「もういい歳さ、今年でもう三十七にもなるんだものな」

俺は言った。

「何月で？」

「バースディ・パーティでもしてくれるのかい？先生」

「ええそうよ。生まれた月は思い出せる？」

「簡単さ、二月だ。だからもう過ぎちまったかな。来年頼むぜ」

するとラッセル医師はいきなり、

「神よ、許したまえ」

とおかしなジョークを言った。

「なんだい、ずいぶんお堅いんだな」

俺は言った。

「私、今からとっても罪深いことをするわ」

彼女は言い、聞いて、思わず俺はにやついた。

「旦那を裏切るのかい先生。いいね、俺はかまわないぜ」

しかしラッセル医師は、隣に突っ立つ機械に向かい、ベッドの下から何かを取り出すように命じた。

「さあこれを見て、クラウンさん」

美人の医師が言うと、グリップの部分をこっちに突き出すようにして、機械が何かをこっちに手渡してきた。グリップを鼻先に突き出すので、にやつきながら俺は受け取った。

「トマスと呼んでくれないかな先生、もしよかったら」

ずっと気になっていたことを言ってから、俺はその道具を見た。グリップを握ると、鼻先に丸い窓が来た。そこで知らずこれを覗き込んだら、思わずきょとんとした。見たこともないものがそこにいたからだ。

「何だいこれは、人間か？　この中にいるものは……」

「解らない？　それ」

俺は首を左右に振った。


「いいや。なんだいこれは」

俺は言った。あまり愉快でないものを見せられた心地がした。

「それはあなたよ、トマス」

ラッセル医師はえらく冷たい声で言い、俺は全然意味が解らなかった。

「俺だって？　この中の人間が？」

「そうよ、舌を出してみて」

「舌を？」

「そうよトマス、早く」

言われた通りにすると、窓の中の人間も舌を出した。

「片目をつむって」

すると鼻先のやつも片目をつむっている。

「解ったでしょう？　あなたなのよ、それは鏡よ、あなたの持っているもの」

俺は反論した。

「だがよ、ラッセル先生、こいつは俺じゃない。これはもうよぼよぼの爺いだ」

「三十七歳の顔かしら」

「違う、しわだらけで、どう見ても七十だ」

「それがあなたなのよトマス」

俺は絶句し、続いて仰天した。

「ヘイ、本当なのか？　こいつはどうしたことだい！　これはいったい……、こいつは本当のことなのかい先生、現実なのか？」

自分はほとんどパニックに陥った。しかし女医はますます冷静な口調になり、こう言った。

「現実なのよトマス、今はもう二〇〇一年、だからあなたはもうすぐ七十歳なのよ」

言われて俺はまたまた絶句した。言葉なんぞ、何も発することはできない。なんだって!?　二〇〇一年！　いつそんなことになったんだ！

「あなたは一九三二年の生まれだったわね？」

しかし俺は放心していた。

「トマス、トマス、聞こえている？　あなた、一九三二年の生まれね？」

俺はわれに返った。

「あ？　ああそうだ、それは確かにそうだ。だが信じられん、こいつはひどい爺いだぞ。いくらなんでもこんな、こんな爺いだったのか？　俺は」

顔一面にあるしわのひとつを、俺は力まかせに引っ張ってみた。ひどい痛みがあった。本物の俺の皮膚だ。

「しかしこんなにしわが……、信じられん、いつの間に……、あっ！」

手の甲が目に入ったのだ。今まで気づかなかった。手もしわだらけだ。しわの間には無数の老人斑が見える。

「トマス、正真正銘それがあなたの肌なのよ、斬れば血も出るわ。だから決してそんなことはしないでね」

俺は食い入るようにしばらく手の甲を見つめ、続いて鏡の中の顔を見つめた。徐々に、とてつもなくみじめな気分になった。これでもう俺の人生も終わりだと思った。こんな爺いなら、来週あたりにはもう死ぬかもしれない。これではもう、女も寄っちゃこないだろう。

「はい答えて。これは何？」

女医が言い、横の機械が何やらおかしな小道具を手渡してきて、俺が手を出さないものだからベッドの、俺がかけたブランケットの上に置いた。

「手に取ってトマス、それは何ですか？」

女医が、試すような質問をした。手に取り、しげしげこれを見てから俺は言った。

「なんだいこれは、なんなんだろうな、ここに指を通すものか？　いや違う、蓋がある。ガラスだ、こいつはガラス、ガラスの蓋がふたつある」

「トマス、自分と関連づけるのよ。それは何をするもの？」

「解らないな」

「思い出せない？」

「こうやって覗くものかい？」

自分はガラスのところを持ち、もう一方のガラスを通して壁を見た。

「そう。それでいいの。どう？　よく見えるでしょう？」

「ああ、確かに」

「眼鏡よ、鼻の上に置いて。そうすればもっと世界がよく見えるようになるわ」

自分はゆっくりとつるを広げ、その道具をおずおずと鼻の上に置いた。すると、言われた通り前がよく見えた。

「あ、眼鏡か、なんだい、こいつは眼鏡なのか！」

俺は言った。

「そうよ、思い出した？　どう？　よく見えるでしょう？」

俺は思わず頷いた。

「これ、ひょっとして老眼鏡ってやつかい？」

「ええそうよ」

言われてがっくりきた。

「目も見えないわけだな、こんな爺いじゃな。髪もないんだな、おまけにあたまのあちこちに絆創膏がついているぜ。コードまでくっついている」

「それは電極、あなたの脳の異常をチェックするために必要な処置なの。動かないでね、今も診断しているのよ。心配しないで、髪は剃ったの、実際にはまだ残っているわ」

「よかった！　俺は、女房は？　全然思い出せないんだが」

「奥さんは、どうやらいないみたいね」

「いない……、死んだのかな？」

「さあ」

女医は興味なさそうに言った。

「じゃあともかく、髪は必需品ってわけだ。これからお相手の婆さんを見つけなくっちゃならないからな」

女医は笑わず、頷いた。

「そうよ」

「でも、いったいどうやって探しゃいいんだい。街で片端から声をかけるのか？　婆さんを見かけるたび」

「あら、いい方法じゃない？　それ」

「あんたのつれあいはもう死にましたかい？　もしそうならお茶でもご一緒にってか？」

　すると女医は少しだけ笑った。なかなか冷たい女のようだ。感情をたいして表に現さない。

「毎日そんなことやってりゃいつかは逮捕だ。先生これ、いずれ電気を通されるのかい？　俺。この頭の中に」

　絆創膏をいじりながら、俺は言った。

「もう通っているわ。ごく微量だからあなたは何も感じない。トマス、現実を受け入れることができるかしら、あなたのような場合、とてもむずかしいことだけど」

「時間が……」

「そうよトマス、時間が流れたの。それは長い長い時間よ、あなたが知らないうちに。あなたの脳はそれを感じ、記録することができなかったの。正確にはあなたの脳の、たぶん乳頭体が。あなた、人間の脳についてはいくらか知識があるかしら」

「全然」

「先で話すわ。乳頭体というのは、脳の奥の視床下部というものの、後部にある器官なの。人の記憶に関係しているのよ。それともあなたの場合、一度得た記憶を、ショックでここがすっかり放出してしまったのかもしれない。ともかくそれで今のあなたは、外部時間に関してはすっかり迷子になっているのよ」

「意味が解らないな、だがともかく今は二〇〇〇年で……」

「二〇〇一年よ」

「二〇〇一年で、ここは病院なんだな？」

「ええそうよ」

「宇宙ステーションかと思ったぜ。で、先生は女医だ。若いからきっと……、ああ……、一九七〇年くらいの生まれなんだろうな」

「七五年よ」

女医は平然として言い、俺は溜め息をついた。それでは娘だ。いや孫だ。いい釣り合いもないものだ。聞いたらみんな腹を抱えるだろう。

「だからこんな変てこな機械も、ここにこうして突っ立っているってわけだ、二〇〇一年じゃな。じゃあもうどうでも信じないわけにはいかないな」

俺は言った。

「ええそうよ」

女医は言う。

「二五二五年じゃないんだな」

「違うわ、何それ」

「イン・ザ・イヤー二五二五……っていう歌、あったろう?」

「なあにそれ、知らないわ」

「ああそうか」

俺は気づいた。

「知るわきゃないか、あんたが生まれるよりずっとずっと前だ。大ヒットしたんだぜ、六九年かな。ゼーガーとエヴァンスっていったかな、バンドの名は」

「そう」

「そうか、まだあの歌の年じゃないのか。しかしまあ、その頃にはさすがの俺ももう生きちゃいないな。でも先生は、どうしてそんな車椅子に?」

「広い病院を動き廻るためよ。この病院は、あなたが生まれた街くらいの規模があるの」

「へえ、未来の病院はすごいんだな」

「その歌は思い出せたのね?」

「ああ、そうでさ」

「それ、とても大事なことよ、あなたロック・ファンなの?」

「ああそうさ、ロックこそ俺の命だ。ところで先生、ずっと気になっているんだが、俺はどうしてこんなことに?」

「交通事故に遭ったの」

女医はきっぱりと言った。

「交通事故? 交通事故だって?」

「ええ、思い出せない?」

俺は首を横に振った。

「モーターサイクルで崖から落ちたのよ。岩場だったのに、奇跡的に体には骨折はないの。ダメージを受けたのは頭部だけ。あなたは強く頭を打って、重い脳震盪になった。頭部の損傷は、どうやらこの事故のせいだけではなかったみたいだけれど。そして頭の骨の内側に傷害を受けたのよ。そしてあなたは二週間以上も眠り続けたの。こうして回復したけど、どうやら思い出せることはまだ限られているようね。名前、生まれた街と家、そのくらいね。でも今から、一緒にすべてを思い出すのよ、いい?」

「ああ……」

俺は重い気分で頷いた。

「これまであなたがたどってきた人生を、二人で一致協力して。それで、あなたはまた社会に戻っていける。解った?」

「ああそういうことですかい先生。ええ、よく解りましたよ」

「辛いこともあると思う、知りたくない過去もね。

でも頑張って乗りきって欲しいのよ」

「そんなに辛い過去が？」

不安になって俺は尋ねた。

「ええ、おそらくね」

女医は気の毒そうに言った。

「先生は、俺の人生をみんな知っているんですかい？」

すると女医は、俺の顔をじっと見つめた。そして言う。

「知っているわ、あなたは有名人ですもの」

「有名人？　この俺が？」

女医は少し笑い、頷いた。

「なんで有名なんです？」

すると女医は、少し気の毒そうな顔をした。

「その事実は、あなたにとってはきっと不幸なことよ。まだ聞かない方がいいわ」

女医は、俺を激しく不安に陥れた。

「気になるな、教えてくれませんか」

「いいえ、まだ駄目。今はまだそれを言う時じゃないわね。私たち、プログラムに沿って仕事をしましょう。まずは一般的なテストから」

女医はきっぱりと言う。

「テストだって？　どんな？」

「こういうケースでは必ずやる、ごく簡単なものよ。心配しないで。筋肉テスト、協調運動のテスト、腱反射、筋肉緊張のテスト、そんなものよ。じきにすむわ」

「だが先生、そいつはおかしくないですかい？先生が俺の人生をすっかり知ってるのなら、別に俺に訊かなくったっていい、そうじゃないですかい？」

「それは違うわ、私が知っていても仕方がないことよ。あなた自身が、自分の力で頭に呼び戻さなくてはね。そしてもう一度しっかりと脳に記銘するの。だって社会復帰するのはあなたなんですもの。今がまだ二〇世紀だなんて思っていたら、ここを出てバスにだって乗れないわよ。街はすっかり様変わりしているから。今から私は、あなたがもう一度現実を獲得するためのお手伝いをするだけ」

聞いて、俺は溜め息とともに考え込んでしまった。なんだかえらく気重な仕事に思えたからだ。それに、格別苦痛は感じていなかったが、頭は朦朧として、思考も視界も体力も、何ひとつとしてしっかりした手応えがなかった。

女医はこうつけ加えた。

「それに私があなたについて知っていることは、新聞記事だけよ。細かいところなんて何も知らないわ」

何？　新聞記事だって？

2

テストをしたのはすべて機械だ。女医は話すだけで、仕事は何でも機械まかせだった。ひと通りの筋肉テストが済むと、女医が言った。

「トマス、あなた左利きね？」

「ああ、確かにそうみたいだな、今のテストに出てましたか？」

俺は言った。

「ええ。それは子供の時から？」

俺は目を閉じ、じっくりと考えた。その頃の状況をしっかりと頭に思い描き、それから言った。

「そうだよ。左手で字も絵も描いていたんだ。それで先生にもよく誉められたもんだぜ」

「あなたは、子供の頃のことの方がよく思い出せるのよ。昔のできごとの方が記銘が深いから」

「記銘だって？　その言葉、さっきから聞いたことがあるって思ってた。先生、俺は子供の頃は成績は悪くなかった。記銘ってのはなんだ、記憶を深く刻み込むってことだろう？」

「ええそうよ」

「左利きがどう関係あるんだい」

「そうね、ではその説明からするわね。人間の脳が、言語の脳と感情の脳とに分かれていることは知っているかしら」

「ああ、聞いたことがあるよ」

「ハンバーガーのパンみたいに、二つの脳が合わさってできているの。通常左側が言語脳、右側が感情脳よ。左が言葉、右はひらめきとか芸術的な霊感とかを担当しているの」

「ああ、解った」

「左は理性の脳でもある。この二つの脳は、長年連れ添った夫婦みたいに、いつも互いに会話しているの。そうやって、この脳の持ち主の行動を決定するのよ」

「会話を？　どうやって」

「脳梁というケーブルを使って行うの。こんなふうにやるのよ。たとえばあなたが街でいい女を見かけたとするわね、すると右脳がこう言うの、とてもいい女だ、魅力的だな、ものにしたいものだ。すると左脳が言うの、ああそうだな、彼女は私の性衝動のプログラムに合致する。すると右側が言うの、じゃあ声をかけて口説いちまおうぜ、断られたら車に連れ込んでやってしまおう。すると左側がこう諫めるの。いや駄目だ、そんなことすると誰かが見かけて、警察に通報するかもしれない。そうなったら逮捕されて、法廷にも出なきゃならなくなる。高い金を出して弁護士も雇わなくちゃならないぞ。その上で有罪にでもなってみろ、危険人物のラベルを貼られて、女は寄りつかなくなる、だからここは思いとどまろうぜって」

「ああなるほど、よく解りますよ先生。俺の頭の中でもそういった会話があるってわけだ」

するとと女医は、何故だか嫌味な含み笑いを洩らしながら、こう言ったものだ。

「そう望むわね」

「なんだって先生、じゃ違うんですかい?」

「右脳、左脳は、同時に体の右半分、左半分の動きの指令やコントロールを、それぞれ分担しているの」

「ははあ、右脳が右半身を?」

「それが逆なのよ、交差して入れ替わるの。右半身を受け持つのは左脳。左半身は右脳なの」

「ほう」

「そして左利きの人の脳も、体の利き腕みたいに脳が鏡像的に入れ替わって、右脳が理性脳とはならないのよ。むろんそうなる人もいるけれど、左利きの人の七十%は、右が感情脳、左が理性脳のままなのよ。ということは左利きの人の七十%は、通常の右利きの人より、感情的な行動をする確率が高まる可能性を持っているってことね。利き腕の側がどうしても活性化するから、脳もまた、体の持つエネルギーに影響されるのよ」

「ははあ、つまり……」

「右脳が自分の意見を押し切ってしまうの」

「じゃあ俺は、いい女と見るとすぐ車に連れ込んで?」

「いいえ、そうは短絡しないわ。でも反社会的人格障害、ＡＳＰＤには遺伝的な要素があると主張する学者はいるわね」

「犯罪者の息子は犯罪者になるんですかい？」

「酔っ払いの人の息子は酔っぱらいになる確率が高いことは言われている。そういうデータはあるわね。これは親子を引き離して育ててもそうなるの」

「へえ」

「でも犯罪者に関しては、そう短絡したくはないわね。攻撃性、これは怒りっぽさとか衝動性、敵意なんかの化合物だけれど、これを抑えるものがセロトニンという脳内物質とされているの。逆に煽るものはテストステロンだと言われている。筋肉増強剤のアナボリック・ステロイドも、これに似た効果があると言われている。このセロトニンの分泌量の多少は、やはり遺伝すると言われているわね」

「ふうん」

「トマス、あなたが生まれ育ったローランドの街について話して。そこ、どんな街だった？」

俺は、またしばらく目を閉じて考えた。じっと待っていると、ローランドの街並みが脳裏に浮かんできた。記憶が戻ってきたのだ。だから俺は言った。

「どんなって、海岸のある浜辺にピアが突き出していて、そこに向かってメイン・ストリートがあった。にぎやかな場所といったら、ただそれだけの街だ。後は港のあたりがひらけているが、そっちは倉庫や工場ばっかりさ」

「メイン・ストリートには、いろいろな店が並んでいたのね？」

「ああそうだ」

「でも麻薬の製造工場を疑われた施設があったわね」

俺はまた目を閉じて考えたが、すぐに頷くことになった。そういえばそうだった。まったくなんでも知っている女だ。

「ああ、確かにな。だから裏ではけっこう物騒な街だった。戦争中は、原爆の材料を造っていたって噂もあったな。だから通りのはずれの港の方には、賭博場も一軒あって、ちっちゃい田舎街のくせに、裏通りはいっぱしゴミ溜めみたいな街だった」

「そのメイン・ストリート、名前は？」

「ピア通り」

「あなたの家は？」

「そこからずっと港の方に行った、路地に面した一軒家でね」

「ピア通りからは離れていた？」

「そうでもないな、歩いて七、八分てとこだ」

「あなたの子供時代は、このピア通りとともにあったのね？」

「ピア通りと渚さ」

「水着の娘たちがたくさんいる渚ね」

俺は笑って応えなかった。

「ピア通りの店々、今思い出せる？」

「たった今？」

「そうよ」

「やれるかな……」

俺は不安になった。

「やってみてトマス、とても大事なことなのよ」

それで俺はまた目を閉じ、ピア通りを思い浮かべた。大丈夫のようだった。店々はすぐに浮かんできた。

「できそうだな。今でもはっきり目に浮かぶよ」

目を開け、俺が言うと、女医は頷いた。

「OKトマス、海岸のピアに向かって、私たちピア通りを進行するのよ。この繁華街をその方向に行くと、沿道にはどんなお店がある？」

俺はまた薄目を閉じ、故郷の通りをイメージした。

「まず最初に目に入るものは、でっかいハンバーガー屋の看板だ。丸顔の親父が、コックの帽子をかぶって走っている看板だ。そして、でかくて黄色いMの字があるんだ」

「ふうん、それで？」

「店の手前は駐車場だ。それから店の建物がある。ガラス張りになっていて、アウトサイドにも少しばかり椅子とテーブルがある」

「うん」

「映画の真似をして、いっときローラースケートの女の子を置いていたこともあったが、すぐにやめちまった」

「そう、その隣は？」

「そこを過ぎると……」

俺はまた追憶の中に埋没する。

「隣は古い煉瓦造りのビルだ。一階には室内装飾屋が入っている。だからショウウインドゥには金色の額縁だの、漆喰壁の天井際に貼る白い装飾だの、カーテンだのカーテン飾りだの、そういうのがいっぱい飾られてるんだ」

「ふうん」

「このビルの地下にはジャズのライヴ・ハウスがあったな。だんだんロックンロールもやるようになっていた。へたくそな土地のバンドが出ていた」

「そう、あなた、ギターは?」

「もちろん弾いたさ、だがバンドは組まなかった」

「そう。その隣は?」

「その隣は骨董品屋だ。往来の舗道にまで机だの椅子だの電蓄だの、古いがらくたがいっぱい並べられていて、その隣はメキシカン・フードだ。安いタコスを食べさせてくれて……」

「ちょっと待ってトマス、それはピア通りのどっち側?」

女医が訊いてきた。

「タコスかい?」

「そうよ」

「あれはそうだな、えーと……」

考え考え、俺は言った。

「左側だ」

「左ね、では骨董品屋は?」

「骨董品屋かい? これは左だな」

「左ね、では室内装飾屋は?」

「室内装飾屋かい? これは……、そう、左だ」

「ではハンバーガー屋は?」

「ハンバーガー屋ね、これはもちろん左だよ」

「左ね、すべてピア通りの左側の建物だわ、ピアに向かって。では右は?」

「右? 右ってなんだい」

「ピア通りの右側よ、何があった?」

女医が言い、俺はしばらく沈黙して考えた。

「考えてみてトマス、イメージするのよ、どう?」

「思い出せないな」

俺は言った。

「OKいいわ、続けてみて」

「ああ、次は……」

俺はまた目を閉じた。浮かぶのはやっぱり左側の店だけだ。

「レコード屋があったな。そこは安物のギターも売っていた」

「そう、次よトマス」

それで俺は、ブティックだのスーパーマーケットだの、時計屋だのレストランだのと、閉じた瞼に浮かぶものを片端から並べていった。海岸が近くなると、貝殻を使って造った土産物なんぞを売る店が多くなるのだが、そういうものを次々に挙げていった。ビーチに沿った海岸通りとの角には、街にひとつきりの映画館があった。ローランド・ビーチ・シアターといった。ここにはよく行った。

説明がすむと、女医はまた訊いた。

「そのローランド・ビーチ・シアターの右には何があったの?」

しかし、俺は思い出せなかった。

「トマス、もう少し音楽を大きくしましょうか?」

「音楽を? なんで」

「OK、いいわ。じゃあ次に私たち、今度は海岸通りからピアに向かって近づくのよ。右には砂浜があって、ピアが見えるの。さあトマス、左には何があるの?」

「まずガス・ステーションだな。セメントの床も、白い石の塀も、あっちこっちが真っ黒に汚れていた。街のみんな、ここの油汚れが大嫌いだった。何故って、隣に魚のマーケットがあったからな」

「そう、隣は魚屋なのね? その隣は?」

「その隣は、白い板張りのテラスがある。こいつは、大きなシーフード・レストランに付属したテラスなんだ。ロブスターって名前だったな。ここでロブスターなんか食ったことは一度もないが。白いテラスにはたくさんテーブルが並んでいて、夏になると観光客でいっぱいになった」

「その隣は？」

「その隣はリカー・ショップだ」

「次は？」

「ドラッグ・ストアだ。ここはアイスクリーム屋も兼ねてた」

「その隣は？」

「自動車工場で、みんなここで車の防錆加工をやってもらっていた。錆止めだ。海べりだからな」

俺は目を閉じたまま、次々に応えていった。あんまりスムーズだから、自分でも笑いたいくらいだった。

「その次は？　トマス」

「まずスープ屋があって、魚のスープを飲ませるんだ。酒もな。だだっ広いフロアとカウンターの店だった。あとは土産物屋がずらっと並んでいたな。その間に一軒だけアクセサリー・ショップがあって、後はまた土産物屋だ。そして角にはバーがある。セーラーマンズ・バーだ。そしてピア通りがあって、ローランド・ビーチ・シアターだ」

「ちょっと待ってトマス。ではローランド・ビーチ・シアターの手前はバーだったのね？」

「ああそうさ」

目を開け、俺は言った。

「さっきあなたは思い出せなかったけれど、ローランド・ビーチ・シアターとピア通りをはさんだ右側には、バーがあったのね？」

「ああそうさ、もちろんそういうこった」

俺は言った。

「トマス、あなたの本当のお父さんには犯罪歴はあった?」

「親父だって?」

「そうよ」

しばらく考えてから、俺は首を横に振った。

「知らない、会ったこともないんだ」

「育ててくれたご両親から、噂は?」

またじっと考えてみた。そういえば食事の時などに、何度か噂には出た。できるだけ思い出そうと思って、俺はずいぶん深く考え込んだのだが、さしたる量はなかった。やはり、そんな話はたいして出なかったのだろう。

「ちょっとは聞いたが……」

「どんな?」

「ドラッグ・ストア・カウボーイだったという話だったな。定職はなくて、女にたかって食っていて、まるでたいした男じゃなかったようだが、犯罪を犯したりするほどの悪い人間じゃないという話だった」

「そう」

しかし女医は、俺の中途半端な回答で満足したようだった。話題を変えてきた。

「ローランドのあなたの育った家には、庭にブランコがあったでしょう?」

俺はまた、記憶を集中させた。雑草の陰の、汚れた粗末なブランコが浮かんだ。乗る人間といったら俺だけで、たまに悪童連が遊びにきても、誰も見向きもしなかったものだ。だからたぶん錆びて、傷んでいたのだ。

「ああ、あったな」

「十歳か十一歳の頃、あなたはこのブランコから落ちたわね？」

俺は即座に頷いた。このことも同時に思い出していたからだ。

「ああそうだ、派手に落ちたな。勢いよくこぎすぎて、そしたら足と手を滑らせて、隣の家の方まですっ飛んじまった。そして頭を打ったんだ。ブロック塀か何かでだ、それで気を失っちまった」

「ひと晩あなたは目を覚まさなかった。病院のベッドで。今回のほどじゃないけど、昏睡状態に陥って、そして目が覚めたら吐いたりして苦しんだはず」

努力して記憶をたどれば、悪いもののひとつとして、確かにそんなものにもぶつかる。

「そうだったかな、ああたぶんそうだったろうさ」

「その一年後くらいから、あなたは動物を虐待するようになった。猫を狭いところに押し込めたり、鳥を殺したりするようになった」

言われてぎくりとした。たぶん、思い出したくない事柄だったのだ。

「そうでしょうトマス、これも大事なことなのよ。よく考えて」

「頭を打ったことと関係があるって言うのか？」

「どうかしら。ともかくそれから七、八年後の冬に、あなたの家で飼っていたアメリカン・エスキモーが死んだわね、これはどうして？」

「えっ？」

驚いた。そいつは考えてもいなかった。

「この犬はどうして死んだの？　トマス」

「この犬……」

「名前は何？　憶えているでしょう？」

「忘れた」

「考えるのよトマス、考えて」

命じられて、俺は従順にじっと考えた。ずいぶん長く考えたのだが、名前までは出てこなかった。

「スポットよ、犬の名前は。彼女はどうして死んだの？」

俺はまた、記憶のひだの中に埋没した。それは不快な種類の記憶だった。少し考えはじめると、すぐに拒否感が来た。

「考えなきゃいけないのかい？　先生」

「そうよ、廃人になりたくはないでしょう。すべてを取り戻すのよ」

俺は黙った。少し気分が悪くなったからだ。

「答えなきゃいけないのかい？」

「思い出した？」

俺は黙ったまま、何回か頷いた。

「ああ、いくらかな」

「では答えて。スポットはどうして死んだの？」

「そんなことが重要なのかい？」

「これは治療なのよ、トマス」

「俺が火をつけたんだ」

「まあ！　何故そんなことをしたの？」

「あれは、そう、声を聞いたからなんだ」

「声？　どんな声？」

「叫び声でいつも俺に命令してくる。おまえは世界一だ、だからやれって。それで俺はしたがわなくちゃならない」

「どうしてしたがわなくちゃならないの？」

「どうしてって、そういう気分にさせられるんだ」

「心地よいのね？」

「ああ、それはすごいんだ。すぐそばに神を感じる。もうどうしようもない気分だ。ひざまずかずにはいられない。本物の信仰っていうのは、たぶんあんな気分なんだろうな」

　俺は説明した。あの感じはとても言葉になんてならない。

「でもその神は、殺すようにとあなたに言うのね？」

　女医は言い、俺は頷いた。

「その声、いつから聞こえるようになったの？」

　言われて、俺はじっと考え込んだ。深く深く記憶の淵に沈むと、しばらく何もできなくなる。なにもかもが痺れたみたいになって、声は出なくなるし、体も動かなくなるのだ。言葉をしゃべるためには、またもとの位置までもぞもぞ這いあがってこなくてはならない感じだ。

「いつ？」

「いつって、その頃から……」

「その頃から？　本当にそうなの？　正直に答えて」

「正直に言わなくてはいけないのかい？」

「トマス、言ったでしょう？　これは治療なのよ。そしてチャンスは一度きりよ。廃人になりたくないのなら答えて」

「俺は、どうも変わった人間だったみたいだな、サイコパスなのか？」

「さあ知らないわ。でも言えることは、それは遥かな昔のできごとってこと、そして私は医師で、警官じゃないってこと」

「OK、思い出した。声が聞こえるようになったのは、本当はずっと後だ。その頃は、まだあの声は聞こえちゃいなかった、だが、それでもなんでも、俺はそうしないではいられなかったんだ」

「その頃からあなたは、急に両親の手に負えなくなった。学校には行かなくなる、外泊はする、そして万引や、自動車泥棒をするようにもなった、そうよね？」

「そんなことを？」

「トマス、これはあなたが自分を取り戻すための治療なのよ。何度も言うけど、私は医者で、あなたを罰することに興味はないわ。さあ思い出して」

　俺はじっと考える。ずいぶんしてこう言った。

「そんなこともあったんだろうな、きっと。いやあったんだ。だがもう昔のことだ、五十年以上も昔だぜ。今はもう何の意味もないできごとだ」

「ええ、でもあなたには重要よ。それらもすべて、あなた自身のアイデンティティに深く関わっているの。あなたが自分自身を取り戻すために、とても大事なキーだわ。あなたの家の隣の、よく吠える犬が死んだ。誰かに毒殺されていたのよ。これもあなたとの関連が疑われたけれど、証拠がなかった。これはあなたなの？」

　時間をかけてから、俺は頷いた。

「ああ、俺だ。近所迷惑だったから、誰もがそうして欲しがっていたんだ。俺はみんなの意志を代表してやった」

「その頃に、街でレイプ事件もいくつかあったのだけれど、これも同じ。あなたや、あなたの仲間と関連づけるような、どんな証拠もなかった。万引も、自動車泥棒も、みんなみんな証拠がなかったのよ。だからあなたや、あなたのグループが逮捕されることはなかった。これは？　トマス」

　俺は黙って記憶をたどっていたが、頷いた。

「自動車泥棒や、万引はいくつかやった」

「そう。手に負えなくなったあなたの親が、マルチモダリティー療法を受けさせた。実はそれまでにも似たことはしていたのだけれど。子供の頃、あなたがいいことをしたら両親はトークンやチップ（模擬貨幣）をあげることにしたのね。このトークンを貯めたら、子供がまだ食べてはいけないおいしい食事を食べられるのよ。でもあなたにはたいした効果はなくて、あなたは何度も自動車で父親を轢き殺しかけた。マルチモダリティー療法もある程度の効果はあげて、あなたはそれで善悪の判断を多少身につけるようになったけど、その頃のあなたは、友人たちとのアーミーごっこに夢中になっていた。そうよね？」

「ああ、あの迷彩服が好きだったんだ。でもなんだか他愛のないものでね」

「そしてあなたは、ローランドのメッキ工場に就職した、そう？」

「そうだね」

「その後の大きな変化は？」

俺はまたじっと考えた。

「そこで、長いこと勤めあげた。現場主任にもなって、給料もあがった」

「結婚は？」

俺もまた、実はそのことを考えていたのだ。少し考えてからこう言った。

「いいや、しなかったな」

「そうね、でもあなたはLAに移ったわね、ローランドのメッキ工場は離れた。何故？」

俺は考え続けた。何故だ？　何故故郷を離れた？

「何故だろう……」

「考え続けてトマス」

しかし俺の記憶の風景は、ローランドのあちこちをぐるぐる廻り続けるばかりだった。容易に動こうとはしない。

「大きな変化よトマス。あなたにはそれがあったはず」

女医の言葉を聞いた途端、目の前に巨大な土くれの柱が立った。続いて耳をつんざく爆音、ジェット機の衝撃波、ヘリコプターのローターの音と土埃、硝煙の匂い、黒いズボンの女たちの悲鳴、そしてマリファナの匂いだ。

「ヴェトナムだ、俺はヴェトナムへ行ったんだ、戦争をしに！」

いきなり思い出した。サイゴンの瓦礫、蛭だらけの沼地のことをだ。

3

「どうしてヴェトナムに行くことに？」

女医は訊いた。

「それは、もちろん……」

言いながら、俺は記憶をたどり続けていた。ヴェトナムにいた頃の記憶は、小便にまみれて這いずり廻った泥地のジャングルとか、ヤブ蚊だらけの沼地みたいに不快で、じっとそこに留まって探ることがむずかしい。これに引きずられてか、その前後のことも妙に思い出しづらい。まあ大昔のことだから仕方もないが。

「徴兵カードが来たからさ」

俺が言うと、女医はこう訊いた。

「あなた一人に？」

「職場で？　いや……」

　俺はまた考えた。一人ではなかった。確かもう一人いた。

「工場の仲間にアーヴィンてやつがいて、まあまあ親しかったんだが、そいつにも来た。だから一緒にシティ・ホールに行って、どうすりゃいいのかって訊いたら、ジャクソンビルの訓練場に行けという。だからアーヴィンと二人で列車に乗って行った。ジャクソンビルには塀や池がある臨時の教練場ができていて、そこにみな集められて訓練されていた。ここで促成訓練を受けたんだ。この間はずっとやつと一緒だったけれども、ヴェトナム行きの船が違っていて、港で別れたきり、もう二度と会うことはなかった」

「それからはもう会ってはいないのね？」

「ああ、死んだのかどうかも知らない。だが死んだら、たぶん噂が入ってきたろうからな、今もどこかに無事で生きているんだろう。要領は悪くないやつだった、射撃は下手くそだったけどな」

「ヴェトナムでも会うことはなかったのね？」

　俺は首を大きく横に振った。思い出してきていたのだ。兵隊でごった返していたダナンの港の様子。給仕班のスープ鍋への長い行列。夜の街の、ホット・パンツ姿やチャイナ・ドレス姿の娼婦たち、連中は脚をむき出して自転車に乗り、基地の周辺まで挑発にやってきていた。そのたびに飛び出したＧＩで、あたりは黒山だ。そんな光景が次々に浮かんでは消えた。

「冗談じゃない。俺がいた頃、南ヴェトナムに駐留していた米兵は五十四万人だぜ。アメリカ中の若い男が、全部ヴェトナムに引っ越してきていたみたいだった。あんなものすごい人ごみの中で、とてもじゃないが知り合いなんぞに出遭えるもんじゃない」

「数字をよく思い出せたわね」

女医は言った。

「ああよく憶えている。みなでしょっちゅう話してたからな、ヴェトナムの人口もさぞ増えたろうって。あの頃、アメリカ側の戦死者だけでも三万人以上出ていた。俺の生まれ育った街の住人、全員が死んだくらいだ。あそこまでやりゃ、もうアメリカは後にひけなくなっていた。これだけ人も金もつぎ込んだら、もう勝利の凱旋と一緒じゃなきゃ、兵隊を国には戻せない。母親たちが納得しないだろうからな」

「戦場でのこと、話せる?」

女医が訊いてきた。そう言われるだろうと思い、俺はずっと戦場のことを考え続けていたのだ。すると、てきめんに気分が悪くなった。

「どう? トマス」

「戦場って、あんなクソのどんなことについてだい」

俺は不機嫌のまま訊き返した。

「戦場でのあなたは勇ましかった?」

俺は首を横に振った。

「普通だ。俺は英雄じゃない。一週間で帰れるってのならともかく、あんなクソ溜めに長々とすわり込んでいて、バットマンみたいにふるまえるものじゃない。プラトーン一人分のお勤めを果たすまでだ。映画じゃないんだぜ」

「でもあなたは、ブラウン・スター勲章をもらっているんでしょう?」

言われて俺は考えた。勲章? 勲章か。そんなものを俺はもらっていたのか。

「そんなものもらっていたのか、へえ……。しかしあれは、プラトーンまかされてりゃいつかはもらえる」

「でも、大勢敵を殺したからでしょう?」

「殺すだけじゃ駄目だ。ほかのプラトーンの窮地を何回か救わないとな」

「どんなことがあったの? いくつかエピソードを教えて」

女医は言ったが、俺はすぐにまた首を左右に振った。

「駄目だ。ヴェトナムでのことなんて、まるきり駄目だ」

「ヴェトコンをたくさん殺した?」

俺は首を横に振った。

「解らない」

「何ひとつ憶えていないの?」

女医に言われ、俺は長いこと黙っていたが、また首を振って言った。

「なにひとつ駄目だ、なんと言われても、これだけは駄目だ。いくら考えても、何も頭に浮かばない」

「昔のことだから?」

「ああそうだ、大昔のことだからな、全然頭に戻ってなんてこない」

「ではそれ以降のことは浮かぶ?」

「以降?」

「そうよ、ヴェトナムから後のこと」

俺は黙って考えつづけた。ずいぶん真剣に考えた。

「どう?」

「いや……」

俺はまた首を横に振った。

「駄目だ」

「ヴェトナムからあなたは復員したはずね？　それは何年？」

俺はじっと考えた。しかし駄目だった。

「駄目だ」

「トマス、よく聞いて。ここが難関だって私も覚悟していた。この戦争の体験が、ダムみたいになっているのよ、あなたの記憶をせきとめているの。そしていっさい下流に流さないのよ。それともこれは、あなたの記憶が詰まったボトルの栓よ。これを抜かない限り、あなたは永遠に記憶を取り戻すことはできない。ということは、あなたがあなた自身になれないってこと。事態は、ここから先へは一歩も進めないのよ」

「ああ」

俺は頷いた。

「ここを突破しない限り、あなたに過去は戻ってこないわ。戻ってこなければあなたは生涯、自由を奪われて病院暮らしよ。解る？」

「ああ」

「ここはＩＤ国家アメリカ、自分が何者かをきちんと証明できない人間は、市民とみなされないの」

「そいつはよく解りますよ、その理屈はね。ヴェトナムでもそうだった」

俺は言った。

「自分を証明できないやつはスパイだ。営倉入りか銃殺だ」

「では突破するのよトマス。ガッツを見せて」

「どうすればいいんだい？」

「考えるのよ。ひたすらに考えるの。そして、どんな辛いことでも、思い出した過去はあえて口にするのよ。きちんと言葉に還元するの。それであなたの脳に記銘が起こり、あなたは過去を取り戻したことになるのよ。手を抜かないで」

しかし俺は、けっこう真剣に考えていたのだ。命のかかっていたヴェトナムでも、これほどじゃなかったろうと思うくらいにだ。深く深く思いを巡らせ、記憶をたどっていた。毛ほども手を抜いてはいなかった。

「頑張ってますよ先生。だが実際、頭から何も出てこないんだ」

俺が言うと、しばらく沈黙になった。そのままかなりして、意を決したように女医は言った。

「OKトマス、ここに新聞記事のコピーがあるわ。この記事を要約したストーリーを今から述べるわね。ラックス、これは解るでしょう？　LAの国際空港、四月のある日、あなたはここからタクシーに乗った。このタクシーの運転手は、アデール・ジョンソンという、珍しい女性の運転手だった。あなたがトランクと一緒に彼女の車の後部座席に入るところは、一緒にタクシーを待っていた大勢の人たちに目撃されているわ」

「先生、ちょっと待ってくれないか。少し気分が悪くなってきた」

俺は言った。これは嘘ではなかった。

「どんな感じ？」

「頭が痛いな」

「どこが？」

「こっちだ」

「左側ね。片方だけじゃない？」

俺は考え、言った。

「ああそうだな」

「いいわ、ではちょっと休憩、今安定剤を打ってもらうわね」

機械が俺の周りに来て、左腕をむき出した。不安にかられて俺は少し抵抗したが、長い昏睡で体力が衰えている老人にはまったく無意味なことで、腕にたちまち注射液が注ぎ込まれた。

すると足の方から体がほてってきて、これが全身に及び、体全体がほんのりと暖かくなった。かすかな吐き気が去り、重かった頭が、ハッカでもまぶしたみたいにすっきりした。

機械が壁のどこかを操作すると、天井から別の種類の音楽が降ってきた。今度はクラシックだ。

「モーツアルトよクラウンさん。どう？　少し楽になったでしょう」

「ああ確かに」

おおよそその通りだったが、俺は本心を言った。

「ミック・ジャガーだともっといいけどな」

「あなたには辛いことかもしれないわクラウンさん、いえトマス。堪えてちょうだい。そしてすべて、あなたの罪はすべてつぐないがすんでいるってこと、忘れないでね」

「なんてまあ、ありがたいこったい」

「あなたはトパンガ・キャニヨンのスティーヴン・シェルダンという男性を訪ねた。一九六九年四月十三日のこと。スティーヴンは山の奥で、馬のブリーディングをやっていた。つまり牧場を経営している人だった。この人は、ヴェトナム時代のあなたの戦友だったわよね」

「スティーヴン……」

「スティーヴン・シェルダン。あなたのプラトーンにいたはず。どう？　思い出せる？」

「ああ……、かすかに」

それらしい男の顔が見え隠れしていた。だが、まだはっきりとは無理だ。

「そして？」

「え？」

「そこから先はどう？　トマス、この先のストーリーを、自分で続けて」

そこで俺は、じっと考えた。長く長く考え続けたが、何も出てはこない。今度は女医も、ずいぶん長いこと助けてはくれなかった。

「駄目なの？」

「ああ、駄目でさぁ先生」

俺は投げ出した。

「ではふたつキー・ワードを言うわ。サン・クウエンティンとペリカン・ベイ」

聞いて、俺はきょとんとした。

「それが？」

「考えるのよ」

それでまた深く考え込んだ。実に嫌な気分と胸騒ぎがしはじめていたが、眼前には何も甦ってはこなかった。

「どう？　トマス」

言われて俺はまた思索に沈む。

「何か思い出さない？」

俺は首を横に振った。

「何も」

「何ひとつ？」

「駄目だ。いったい何ですかい、そりゃあ」

「あなたが三十年間いて、自分の罪をつぐなった刑務所の名前よ」

俺は絶句し、放心した。

「刑務所!?　三十年間……？」

「そうよトマス」

俺は放心した。

「俺が刑務所に？　三十年も」

「そうよ、思い出した？　どう？　駄目？」

衝撃を受けたまま、俺は首をそろそろと左右に振った。強くやると頭痛が起こるからだ。

「OK、いいわ」

女医は言った。

「私が言いたかったことはこうよ。あなたはもうつぐないがすんでいるってこと。だから今からあなたが何をしゃべっても、それによってこれ以上罰せられることはないのよ」

俺は放心したまま聞いていた。

「だからあなたは私に、何ひとつ隠す必要はないの。解った？」

女医が言い、俺はようやく頷く気になった。

「もう、すべてのつぐないがすんでるんだね……？」

「そうよ、あなたも、あなたの仲間も」

「仲間だって？」

また予想外の言葉が出た。

「そうよ、仲間よ」

「俺に仲間が……？」

「いたのよ、思い出せる？」

ゆっくりと時間をかけ、俺は考えた。ずいぶん長く無言でいたのだが、まだ何も出てはこない。

「いいや」

また首を横に振る。

「OK、いいわ。ではこの後に何があったのかも？」

また思索に沈む。

「トパンガ・キャニヨンのスティーヴンの家や、彼の牧場の様子は思い出せた？」

問われて、今度はゆっくりと頷いた。

「それは、なんとなく今、思い出してきた。白い石積みの上に、板壁を張った茶色の家だった。家の横と裏手には、馬用の土のグラウンドがあって、奥には馬屋が見えていた」

「いいわね、しばらくそこに滞在した？」

「いや……、ああいや、どうだったかな……」

はっきりしなかった。

「OK、それより事件よ、あなたがスティーヴンの家に着く前にあった事件について、憶えている？　さあ、考えるのよトマス」

「考えているよ先生」

俺は言った。実際、さっきからずっと考え続けているのだ。全然手など抜いてはいない。

「だけど駄目なんだ先生。言ってくれないか、こいつはどうにも駄目みたいだ。先生に言われたら思い出せるんだ」

　すると女医は、まるきり淡々とした口調でこんなことを言った。

「四月十五日朝、スティーヴンの自宅の裏の山で、アデール・ジョンソンの死体が見つかったの。山の立ち木に手足を縛りつけられていた。下半身は裸で、暴行されていた。彼女の膣からはあなたの体液が発見された」

　俺は愕然とし、言葉を失った。

「犯された上に、死体の下半身にはあなたの尿がかけられていた。血液型から、あなたのものと断定された」

　女医は探るようにこっちの顔を見た。俺は黙っていた。こんな時に何を言えというのだ。

「なんてこった……、俺はこれで逮捕を？」

　俺はささやく声で言った。

「起訴事実にはむろんこれもあるわね。そして精神鑑定で、あなたにはあきらかな異常が認められた。そこで死刑はまぬがれた。拘禁と治療という判決になったのよ」

「俺はこれで……、しかしつぐないはもうすんでいると?」

俺は訊いた。

「そうよ、だから安心してすべてを話していいのよ」

女医は言う。

「なんてありがたいこったい。当人が知らないうちにつぐないがすんでいるなんてな。これじゃ自分がどんな老いぼれの爺いになっていたって、文句なんて言えないいな」

女医は、すると鼻で笑う声をたてた。

「記憶もないわけだ、ずっと檻の中じゃな。女がいないのにろくな思い出ができるわけもない」

女医がかすかに相槌の音をたてた。なんとなく、歯ぎしりの音のようにも聞こえる。ラジオの周波数の狂いみたいな妙な音だ。

「死体に体液が残っているんじゃな、とってもじゃないが、言いのがれなんてできないいな」

俺は言った。

「そうよトマス、だからその点には頭を使わないで、時間の無駄だから。事実関係はもう世間にもすっかり知られているのよ。だから私も知っている。でもまだ解らないことが残っているのよ。何故、あなたはこんなことを?」

しかしそう訊かれても、俺の精神は絶望で充たされていて、言葉など出てきやしない。

「犯行から逃れようと思うなら、彼女の中に体液なんか遺さないはず」

「ああ」

俺は頷いた。それは道理だ。

「セックスがしたいなら、そういう施設はLAにもあったはず。あなたは、裕福ではなかったかもしれないけれど、除隊の時、まとまったお金は支給されていたはず」

「ああそうだな、でもそれが、重要なことなんですかい？」

「とっても重要よ。ここにこそ突破口があるはず」

女医は断言した。

「トマス、何度も言うけど、今人生を取り戻さなければ、この先の生涯はずっとベッドの上よ。そしてセロトニンの少ないあなたは、いずれ薬と手術で眠ることになるわ」

「ああ、やなこった！」

俺は言った。


「老い先短いのに、この上眠らされてたまるか」

「それならなんとしても自分自身を取り戻し、更生することね。自分が何者かさえあなたがとらえられるなら、セロトニンの不足も、テストステロンの過剰も、これは治療が可能なことなのよ。もう一度言うわね、私は警察官じゃない、今からたとえどれほどに犯罪的な新事実があなたの口から語られようとも、……たぶん私が知る以上のことは少ないでしょうけれど、私はあなたを罰することに興味はないのよ。そしてトマス、聞こえている？」

「ああ聞こえてますよ」

「この五時間が勝負なのよ、憶えているわね」

「憶えてますよ、そしてこの先のたいして長くもない生涯を、ベッドの上で眠ってすごすのも嫌だ。そいつもはっきりしてる」

俺は言った。

「そうねトマス、その言葉、決して忘れないで」

「ああ、そりゃ忘れませんよ」

俺は請け合った。

「ではこのケースで、私がまだ回答を絞り切れていないたった一つの質問に答えて。トマス、何故あなたは、こんなことをしたの？」

女医は、噛んで含めるような、ゆっくりとした口調で訊いた。いよいよ話さなくちゃならないようだ。

「OK、先生が医者だから言うんだ、ほかの人間にはとってもこんな話、言っても信じちゃもらえないだろうから」

「ええ、何か思い出したのね？」

「ああ、はっきり思い出した。声が聴こえるんだ」

「どんな声？」

「説明なんてできない。法王《ポープ》だって、イエス・キリストが自分になんて言ったかなんて、たぶん説明できないだろう。ただ、強い信仰のフィーリングが来るんだ。きっとそうだ。俺だって同じなんだ」

「誰かの声が聞こえるのね？　内容は解らないけれど」

「いや、最初はマシンガンだの、ヘリコプターだのの爆音だ。それからこう胸の中がもやもやしたふうの音だ。それがだんだんに音楽になる」

「音楽に？」

「ああ、ビートルズだ」

「ビートルズ？」

「ああ、連中のロックの中で、一曲だけヴェトナムを描写したものがある」

「ヴェトナムを？」

「そうだ、あれはヴェトナムの戦場の正確な再現だ。マシンガンや、ヘリコプターの音、それからマリファナのフィールだ」

「そんな曲があった？ 私もビートルズは好きよ。でもそんな曲があったかしら。どの曲？」

「『ヘルター・スケルター』だ」

「『ヘルター・スケルター』？」

「ああ、あれが時々がんがん、わんわん聴こえるようになった。最初聴いたのはケサンの村だ。戦闘中だった。俺は思わず叫んじまった。誰だ、ステレオ、がんがん鳴らしてやがるのは！ ヴォリウム絞れ、なんにも聴こえないぞってな」

「それで？」

「いろんな音、いろんな声が聴こえて、俺は大暴れしていた、塹壕飛び出して、敵陣に走り込んで、M16をさんざんVCどもにぶち込んでいた。弾がびゅんびゅん飛んでくるのに、よくあんなことがやれたものだ。よく自分に当たらなかったもんだぜ」

「『ヘルター・スケルター』が聴こえると、勇敢になるのね？」

「いや、最後に叫び声が聴こえて、俺に命令するんだ、その声を聴くと」

「なんて？」

「おまえは世界一の男だ、さあ敵を殺せってな」

「そんな声が？」

「ああそうさ、おまえは世界一の男だ、おまえは世界一の男だ、おまえは世界一だ、音楽とこれが、繰り返し、繰り返し聴こえる。エンドレスだ」

「歌の後ね？」

「歌だって？ ああそうさ、歌の後だ」

「その声にせきたてられて？」

「ああ、きっと解ってもらえないだろうな。こんなこと言うと、頭のおかしいやつに聞こえるだろう。でも本当だ。はっきり聴こえる。あれは、どんな上官の声よりも魅力的に聴こえるんだ。あれは神の声だ。神の叫ぶ声なんだ。音楽が聴こえると、俺はとたんに敬虔な気分になる。全身が痺れたみたいになって、神をまるっきり信じる気分になる」

「教会にいるような？」

「教会だって？　そんなもの問題じゃねえ、すっぽりと包まれるんだ。信仰、そうだな、あれこそが信仰心だ」

「で、ラジオは？」

「ラジオ？　ああ、そんなもの、誰も鳴らしちゃいなかった。ラジオなんて持ってるやつはいなかったんだ」

「でも聴こえたのね？」

「がんがん聴こえた、フルヴォリウムでだぜ。それからも何回も聴いた」

「戦場で？」

「戦場でも、後方でも聴いた。だが、まわりのやつらには全然聴こえやしないんだ。おいヴォリウムしぼれって俺が叫ぶと、みんなきょとんとしていやがった」

「音は長く続くの？」

「そういう時もある。でもいつかはやむ」

「そんな時、偏頭痛は？」

「偏頭痛？……ああ、あるな」

「それを聴くとあなたはどうなるの？」

「敵を殺す。神のために殺すんだ」

「アデール・ジョンソンの時は？」

訊かれて、俺は黙った。それからこう言った。

「だがそりゃ戦場での話だ。だからそのアデールなんとかっていう女の運転手も、俺がやったって言わせたいんだろうけどな、ことはそう単純にゃいかないよ先生。このアメリカでは、俺はそんなことはしない。自分の国を、あの最低のクソ溜めジャングルと間違えるなんてな、そんなこと絶対にするもんか」

言った途端、俺はベッドに飛びあがった。そしてこう叫んでいた。

「ヘイ、なんだい！　ロックのヴォリウム絞れよ、なんにも聴こえやしないぜ！」

フルヴォリウムで『ヘルター・スケルター』が始まっている。女医が何か言った。しかしまるで何も聴こえない。ビートルズがやかましいからだ。マシンガンの響き、ざわざわとした戦場の騒音。

「先生の声が聞こえないぜ、音楽絞ってくれよ！」

両耳をふさぎ、俺は叫んだ。だがみるみる全身が痺れ、うっとりと夢見る気分になった。神が俺を手招きする。そしてはっとわれに返った。

「よせ、絞れ！　よせ！」

叫び、俺は怒りにかられ、ベッドを跳ね起きた。音を絞れと言っているのだ。ここは患者が大勢いる病院なのだ。ディスコじゃないんだぞ。他人の迷惑を考えろ！　何度言っても解らないこの女医の小娘に、きちんと世間の礼儀ってものを教えてやらなくてはならない。その時、あの叫び声が聴こえた。神々しい神の声だ。

「おまえは世界一の男だ、だから、さあやれ！　殺せ！　おまえにはその資格があるんだ！」

俺は純粋で敬虔な気分になり、ペニスが勃起するのを感じた。犯してやる。それによって行儀を教えるのだ。女にはこれが一番だ。

車椅子の女医に飛びかかった。まず抱きつき、胸のあたりに手をかけ、服を脱がそうとした。おかしなボタンだった。つまんでひねり、はずす形式だ。未来は、女の服も変わっている。

ひねって服の前を開いたら、ケーブルがたくさん見えた。ごっそり束になっていて、あちこちワイヤーで束ねられていた。中央部にはレッド・インジケーターがいくつか点滅して、そのひとつは、ものすごい勢いで数字が変わっていた。

左右から機械がやってきて、俺の両手と肩をそれぞれ持った。とんでもない力だ。そのままベッドに連れ戻され、力まかせに押さえつけられて、手足や胴をベルトで留められた。

「くそったれ！」

俺は叫んだ。

「俺は神の命令でやっているんだぞ、邪魔するんじゃねえ！」

4

ワゴンに載ったスピーカーボックスに組みついたトマス・クラウンを、衛生夫二人が力ずくで引き剝がした。もと通りベッドに運び、押さえつけておいて、両手両足と胴体を、手早くベルトで留めた。一人がアンプの前に戻り、トマスのあらしたコネクター部のカヴァーを開いて、接続の様子や、アンプの音量調節を点検した。はずれかかっていたところをもと通りに押し込み、カヴァーを閉め、つまみをひねって固定した。

もう一人はトマスの側頭葉の外側部、脳地図でいうと三十八番に流していた微弱電流を止めた。これでトマスはおとなしくなった。ペンフィールド流の直接刺激が劇的な効果を生むことが、これでまたひとつ証明された。衛生夫二人は、それでようやくまた、椅子にかけることができた。

この様子をTVカメラを通し、別室からモニターで見ていたラッセル医師が言った。

「トマス、『ヘルター・スケルター』は止まったかしら」

その声は、アンプを通り、ワゴンの上のスピーカーから流れる。トマスはきょとんとした目になっていて、言った。

「ああ、消えた、だがいったい今のは何なんですかい」

トマスは、落ち着きを取り戻した声で言う。

「トマス、これで解ったでしょう？ ヴェトナムもアメリカもないわ。あの音楽と声が聴こえると、あなたは自動的に人間を襲うのよ」

トマス・クラウンは、さすがに衝撃を受けたらしく、黙った。

「正確には、あなたの脳が人間と信じたものをね」

「ああ」

「トマス、私がものにできなくて残念ね」

女医はからかうように言い、しかしトマスは、低く唸り声をたてただけだった。

「アデール・ジョンソンのタクシーに乗って戦友の家に向かっている時、『ヘルター・スケルター』を聴いたのね？ どうトマス、違う？」

トマスは、観念したようにゆっくりと頷いていた。

「ああ聴いた、がんがん、わんわんと聴いた。今と同じだ。だからわけが解らなくなって、俺は車を山の中に誘導したんだ」

「運転手をレイプして、殺すためね？」

「そんなふうにはっきりと意識なんてできない。いつだって無我夢中なんだ。ＶＣを殺す時と同じだ」

「ＶＣって？」

「ヴェトコンだ。俺は、いったいどうしてこんなことに？　戦争のせいなのか？」

医師も、どう答えたものかと言葉に窮している。

「俺は、確かにあれを聴くと、もうどうにもならなくなるらしいや」

あきらめたように彼は言った。

「私も今解ったわ。アデール・ジョンソン殺しがどうして起こったか」

「ああ、俺にも解りましたよ。しかし、俺はどうしてこんなことになった？　三十年間治療を受けたのに、ちっとも治っちゃいなかったってわけだ。そうですね？　先生」

「事故よ」

ラッセル医師が言った。

「今回の交通事故が、おそらく関係しているわ」

「へえ」

「三度目の傷害が、あなたの脳にまた新たな局面を引き起こしているの」

「事故が？」

「トマス、あなたは……、そう、とっても興味深い研究対象だわ。正直に言うと、あなたをほかの研究者に取られたら、私は夫をどこかの女に取られたのと同じくらいに嫉妬するでしょう」

「そりゃ光栄だな、でも俺の脳を、じゃないんですかい？」

「そうね、その通りよトマス、あなたの脳ね。そしてあなたは、犯罪とその処罰の問題に関しても、私に深く考えさせるわ。脳レヴェルの障害から犯罪に走る者を、ただ処罰したり、処刑したりして、それですましていいのかしらって」

「ああ?」

「治療によって状態さえ安定させ得るなら、あなたくらいの凶悪犯とでも、こんなふうに会話ができるのよ」

「俺の脳は、いったいどんなふうに変わってるんで?」

するとラッセル医師はくすくす笑った。

「何もかもよ。世界中のどんな脳研究者でも、あなたを見たらブラボーって叫んでシャンパンを抜くわね。今私の感じているこれ、たとえて言うと、そうね、あなたがミック・ジャガーに道でばったり会えた時のような感じかしら」

「そいつはすげえや! で、この俺のどこがミック・ジャガーで?」

「目を覚ましたあなたは、点滴のスタンドに向かっておはようと言ったのよ。それから電気スタンドの傘をぽんと叩いて、よお兄弟、家に帰りたいんだけれど、誰に訊けばいいって訊いたわ」

「ああ」

「テレビつけてもいっさい興味を示さないけれど、女の声が聞こえると、大きく反応した。性衝動を示したのよ。あなたは典型的なサイコパス。とても危険だわ。生身の人間の女を、あなたの半径二メートル以内に入れることは、医師として許可できかねるわね。あなたに較べたら、豹と添い寝をする方がまだしも安全よ」

「へえ!」

「でもあなたはかなり変わっている。普通のサイコパスじゃないわ。とても貴重な症例ね。あなたの脳内のモジュールのどれかが、機械や無機質な事物を、人間と誤認識するのよ」

「先生、性衝動というと？」

「勃起するのよ。そしてテレビをレイプしようとするの」

トマスは、意味がよく解らないらしく沈黙した。

「でも不思議なことには、あなたが敵対する男は、逆に機械に見えるの」

トマスはしばらく黙っていたが、やがて悲しげにこう言った。

「先生は女なのに、すごい言葉を使うんだな、勃起だのレイプだの」

「仕方ないでしょう。テレビに結婚を申し込んだとでも？」

トマスはまた黙った。

「だから私、こんな方法をとったの。ワゴンの上に台を載せ、アンプを載せ、その上に、人間の頭くらいの大きさのスピーカーを置いたのよ。それからガウンを着せ、足の替わりにエアコンのダクトを二本置いて、短い巻きスカートを巻いておいたの」

「なんてこったい、かかしか！」

「二本のダクトが、あなたにはモンローばりの脚線美に見えるのよ。ところでトマス、今私が言っていること、意味は解るのね？」

「ああ、もちろん解りますよ」

トマスは言った。

「そう、それもまた興味深いことだわ。あなたの後頭葉の視覚領域と、それから大脳辺縁系の扁桃核は、機械や無機質物を人間と認識して、誤った情報を視床下部と前頭葉に伝えるのよ。この症状、以前はなかったのなら、今回の事故のせいね。それからトマス、こんなこともあったの。私たち、食事に柔らかいものを出したの。マッシュド・ポテトに、すりおろした果物、シチューにヨーグルト、そしてバナナよ。憶えている？」

女医は訊く。

「ああ、そうだったかな」

「あなたはそれを少しずつ食べ、最後にバナナが食べたいと言ったの。目の前のトレーに載っているのに。バナナはあなたの顔の右側にあった。そこで私は、これを左側に持ってきて置いたのよ。そうしたらあなたはこう言ったわ。ああなんだい先生、こんなところにあったんじゃないか、バナナは」

「はあん」

「これは、さっきのあなたの、ローランドのピア通りの記憶喚起の偏りとも正確に対応する。あなたはピア通りの左側しか思い出せなかった。そうでしょう？　あなたが示すこれらの行為は、今あなたが陥っている病的な状況が、きわめてロジカルなものであることを私に考えさせるの。脳というものはとても複雑で、一筋縄では行かない器官だけど、あなたを見ていると、人間の脳は、やはりコンピューターにも似た、とてつもなく複雑な機械であると、そうとらえたい誘惑にかられるわね。そうでなく見えるのは、法則性が繁雑にすぎて、私たち研究者の把握能力が追いついていないのよ」

「先生が俺の脳に興味を持つのは……」

「遠慮なく言うと、故障の仕方が面白いから」

女医は言った。

「なるほど……」

　俺は納得した。

「よい場所が故障してくれている。あまり面白がっては、同性として、あなたというサイコパスの犠牲になったアデール・ジョンソンに申し訳ないけれど、私たち脳科学者は、脳という広大なフィールドから見ればまだ入門者よ。あなたの脳は、そういう初心者向けに、とてもうまい場所が故障してくれているの」

「どこです？　それは」

「最初から順を追って話すわ。私が今立てている仮説として、あなたの脳の故障の出発点には、セロトニンの先天的な欠乏があると思う。犯罪、攻撃、自殺、こういった反社会的な行為に、脳内のセロトニンという化学物質が深く関わっているという推察を、私は以前から持っているんだけれど、これは簡単に言うと、冒険衝動を抑制する働きをする物質なの。

　もともと男性は、セロトニンの分泌量が女性の五十二％しかないのよ。そしてこのセロトニンの分泌は、若い頃は、熟年期以降よりも少ないことが知られているの。子供の頃とか若い頃、男の子はよく木に登るわね、でも低い枝ではもの足りなくなって、どんどん高く登っていく。高くなるほどに落ちた際のダメージが大きくなり、危険なはずね。でもそう解っても、その危険自体が彼を呼ぶ。解るでしょう？　それがあなた。

　これを思いとどまらせるものがセロトニン。ブランコは激しくこぐほどに危険、これは解っていたはず。でもその危険自体があなたを呼んだ、そうでしょう？　高く高くこいで、ブランコの綱をとめているバーよりも高くなり、ついにあなたは、バランスをくずした……。

人間に限らず、あらゆる動物にセロトニンを減少させると、攻撃行動が増大する。逆にセロトニンを入れてやると、攻撃行動や、不利な刺激に対して攻撃行動を見せる限界点が高くなることが、これまで多くの実験から確かめられているわ」

「つまり尻尾を巻くようになるってことだ」

「辛抱強くなるのよ」

「男としてはあんまり名誉じゃないな。こいつはあれだね、あの、なんていったか……、アドレナリンだ！　アドレナリンが多くなると、攻撃行動が増すってことだね、先生」

「確かにセロトニンは、インシュリンやアドレナリンとも関係があるわ。でもトマス、それはむしろ逆なのよ」

「へえ？」

「危険や、挑戦を決意した時に、血液や尿中のアドレナリンの分泌が増えることは一般にも知られている。この量が多いほど、この人に迫っている危険の度合いが高いことが示される。けれどアドレナリンは、この人を興奮させ、冒険行動を後押しするのかというと、決してそうではないの。逆なのよ。アドレナリン濃度が低い人の方が、むしろ攻撃性や破壊性が高いことが確かめられているの」

「おや、そうですかい」

「アドレナリンというのは、危険への警報ベルのようなもの、これが高らかに鳴っている間は、つまりアドレナリンがさかんに分泌されている間は、危険や攻撃行動から遠ざかるようにと、この人に強く呼びかけている状態なの。だからこの間は、人はむしろ危険からは回避行動をとるの。鳴らなくなると、つまりアドレナリンが止まると、人は攻撃に転ずるのよ」

「ほう」

「これが少ない人の方に、むしろ凶悪犯が多いことが知られている。それからセロトニンと犯罪、またブドウ糖との関係は、確かにとても重要だわ。体内のブドウ糖が減少すると、神経伝達物質であるノルエピネフリンが増えて、人を活動的にさせる。空腹になって血糖値が下がると、感情を処理する大脳辺縁系が外部のできごとに関して過敏に反応するようになって、ある種の人は、この状態が反社会的行動の引き金になることもある。これは最近割合言われるところね。血糖値を下げる物質は、インシュリンというホルモン、これは知っているでしょう?」

「ああ」

「これは糖代謝をコントロールして、ブドウ糖の量を安定させる機能を持っているの」

「つまり砂糖を摂りすぎたら、インシュリンが出てきて砂糖の量を押し下げるってわけだ」

「ええ、そうよ」

「しかし普通に砂糖を食っていても、インシュリンが多く出すぎたら、たちまち低血糖になるってことだ」

「その通りよ。このインシュリンの分泌に、どうやらセロトニンは関わっているらしいの。反社会的障害者の中に、低血糖・低セロトニンという症例が多く報告されているの。つまりこれは、インシュリンの分泌過剰と考えられる症状なわけね。低セロトニン・高インシュリン・低血糖、こういう連鎖が考えられるの。これらは犯罪者の脳へのスリーカードね。血糖値を制御するフィードバックのメカニズムは、ブドウ糖の量を安定させるサーモスタットのようなものだけれど、犯罪者はこれが故障していると考えられるの」

「俺もそうなんで？」

「まさにその通りよトマス。あなたはセロトニンの分泌量が少ない。また血糖値は低い。おそらく、アドレナリンの分泌量も低いと考えられるわ」

「なんてこったい！」

「そしてあなたの脳を、X線で撮影させてもらった。そうしたらあきらかな異常が、二個所見つかった」

「なんです？」

「ひとつは左の扁桃体が大きいこと。腫れているように見える。扁桃体に昔ついた傷が原因とも考えられるわね。それが今回の事故で、いよいよ損傷したのよ。腫れどめの処方も考えられたけれど、今さら効果は疑問だわ。あとは、外科手術が考慮されるところね」

「どうして傷がついたんで？」

「解らないわね。先天性の異常と思うけど、もしかしたらブランコから落ちたせいかもしれない。子供の時のこのブランコの事故以降、あなたは怒りっぽくなって、しょっちゅう癇癪玉を破裂させるようになったりしたかしら」

トマスは、じっと考え込んでから言った。

「そうかな、解らないな。そこが腫れているとそうなるんで？」

「扁桃核は、性衝動とか、怒りの発動に関わる器官なの。あなたはこの部分があきらかに異常なのよ」

「へえ、道理でね」

トマスは言った。

「両親もきっと手を焼いたはずね。もうひとつの異常は、あなたもよく認識しているはずのこと。さあ思い出して」

「俺が知っているはずのことだって？」

「そうよ、自分で考えて思い出して」

そう命じられたトマスは、しばらく従順に考え込んでいたが、やがてこう言った。

「駄目だ先生、俺はどうして今ここにいるのかだって解らないんだ。そんなこと、解るわけがない。ブランコから落ちたことだって、まったく忘れてて、思い出しもしなかった」

「違うわトマス、そんな昔のことでも、つい先日のことでもない、これはあなたが三十代の頃のこと」

「三十代の頃だって……」

「戦場よトマス」

「戦場、ヴェトナムか……」

「そうよ、あなたはヴェトナムで頭を負傷したわね？」

ラッセル医師が言う。

「憶えているかしら」

トマスはまた考え込んだ。そしてこう言った。

「ああ、頭を撃たれた……」

「そうよトマス、その時のこと、憶えてる？」

しばらく考えていたが、トマスはいきなり腹を立てた。

「ああそうだ、あれはニア・ハンかどっかの丘だった……、ああ思い出した、思い出したぜ、くそったれ！　俺は撃たれた、しかも味方にだ！」

トマスは怒りで声を震わせた。

「どういうこと？」

トマスの表情が険しくなった。

「あれは、俺たちが丘を取ろうとしたんだ。ところが敵が手強くて、何日も攻防が続いた。なんでこんなちっぽけな丘を取らなくちゃならないのか、俺たちにはさっぱり解らなかった。上の連中にヤキがまわったとしか思えなかった。

毎日一度は雨が降ったからな、地面はあちこちぬかるみで、俺たちは泥まみれだった。みんなが土人形みたいになったんだ。どいつがどの隊の誰だか解りゃしない。ＶＣがまぎれ込んでいても解らなかったろう。砲撃隊に、丘のてっぺんのＶＣの陣地の位置を教えて、砲撃を依頼しておいて、それから空挺隊にも援護射撃を頼んだ。そうして、じっと待っていたんだ。そしたら少尉の馬鹿が、暗号を間違えやがった。やってきたヘリコプターが、丘の斜面にへばりついている俺たちに向かって機銃掃射を浴びせやがった。あんな間抜けどもは見たこともねぇ！」

トマスは、不自由な全身を震わせて怒鳴った。

「まあ、ひどいわね」

女医も同情して言った。

「俺たちは味方と、それからＶＣの弾丸の雨から逃げまどった。そして俺は、とうとうやられて倒れた」

「味方の弾が当たったの？」

「知るもんか！　どっちかだ！　はっきりしていることは、味方に撃たれなきゃ、ＶＣにも撃たれなかったってことだ、くそったれめ！」

「あなたの頭の左側、耳の少し上、頭蓋骨の内側に弾丸のかけらがひとつ入っていた」

「ああ直接じゃなかったらしい。そばの岩場で跳ね返ったやつが、ヘルメットの下から頭のここんとこに飛び込んできたんだ」

「耳の少し上、側頭葉の位置に弾丸の破片があった。頭蓋骨にちいさな穴が開いていて、アルミニウムでふさいであった」

　トマスは、荒々しく舌打ちを洩らした。

「ああ、骨のかけらなんてな、もちろんどこに行っちまったか解りゃしないから、パラメディックのやつが、どっかそこいらへんに落ちていた誰かの弁当箱のかけらで、臨時に頭の穴をふさいだんだ。まるで人形の修理だぜ！　こっちゃ生き物なんだぞ！」

「今もそのままのようね」

　女医は冷静な声で言った。

「ああ、誰も取っちゃくれない」

「骨の組織が、もう金属をだいぶ覆っているわ。今さら再手術をすることがよい判断かどうかは、熟慮を要するところね。ともかくその内側の弾丸のかけらが、脳の側頭葉に触れていて、時々あなたの脳に、一種の卒中を起こしているのよ。ブロードマンの脳地図でいうと三十八番のあたり。シルヴィウス溝と呼ぶ研究者もいる、脳の側頭葉の、溝にそったあたりをつついて刺激しているの。そして時おり、リアルな聴覚的反応をひき起こすのよ」

「聴覚的反応だって？　なんだいそれは」

「記憶の音を引き出すのよ。側頭葉のその部分か、それともそこから直接的につながったどこかに貯えられている音の記憶を、この弾丸のかけらが定期的に、あざやかに呼び戻すのよ」

「そいつが音楽？」

「『ヘルター・スケルター』よ」

　聞いて、トマスは沈黙した。じっと考え続けていると、女医が続ける。

「それから、この曲の最後に入っている男の叫び声も。『俺はそう約束された、世界一の男だ！(I've got blessed and I am the biggest!)』たぶんジョン・レノンの声だけれど。これがはっきりと聴こえるのよ、あなたの頭には」

「弾丸のせいで？」

「ええそうよ。これは最近割と多く報告されて、私たちにはよく知られるようになっている症例なの。多くは老人性の卒中によってひき起こされるんだけれど。お婆ちゃんが娘時代に聴いて好きだった曲が、ありありと耳もとで甦るの。これは側頭葉のその部分に、部分的な卒中が起こっていて、これがあなたの場合は弾丸が触れている場所だけれど、ここを刺激して、遠い昔の記憶を喚起しているの。

古くはドストエフスキーも、これを何度も経験したといわれているわね。彼の場合は癲癇のせいだったのだけれど。音楽家のショスタコーヴィッチも同じで、このようにして作曲の霊感を得ていたということが知られているの」

「へえ！　だが……、ああそうだったんですかい？　俺の脳にはそんな問題があったのかい。ちっとも知らなかったな。しかし三十年間誰も、その弾丸を取り出しちゃくれなかったってわけだ」

「そうね、この調子なら、三十年間のうちに何度か同じ発作が起こっている可能性はあるわね。その理由を突きとめて、原因を排除しなかったのは医者の怠慢かもしれないわ」

「ああ、ひでえもんだぜ！　囚人だと思ってなめてるぜ！」

「私が取るわ、トマス」

「ああ、お願いしたいもんだ、危険がないのならだが」

「大丈夫。でもトマス、脳のこういったことが知られるようになったのは、本当に最近なの。一般の精神科医は、こんなこと発想もしないわ」

「だが先生、そいつはよく解ったが、何故さっき、あんなにいいタイミングであれが起こったんで?」

「それは電気刺激によったのよ。弾丸がある位置に、微弱な電流を流したの。ついでに視床下部付近にも。すると、ペンフィールドの理論の通りにあれが起こったの」

「ペンフィールドってなんです?」

「カナダの神経外科医よ。ワイルダー・ペンフィールド。一九五〇年代に、何百人という癲癇患者の脳に電極を取りつけて、電気刺激を与えて、その結果をもとに大脳皮質の働きを図にしたの。すると脳には、まるで写し取ったみたいに、全身の配置が投影されていることが解ったの。あれは脳科学史のひとつのエポックね。そして側頭葉に電気刺激を与えると、聴覚的な記憶、特に昔聴いたメロディーとか会話とかが、まるで手に取るように鮮やかに甦る個所があることも、突きとめられたの」

「それは一個所?」

「いいえ、一個所ではないわ」

「音楽の記憶がそこに貯えられていると」

「それは解らない。そこに貯えられているとは断定できないわ。そこからつながっているどこかかもしれないし、大脳皮質ではないのかもしれない。それに一次的な記憶ではないようね。記憶のクローンだと、最近ではいわれているの。私もそう思うわ」

「記憶のクローンだって？」

「そう、記憶はコピーされるのよ」

「大脳皮質というのは？」

「OK、では簡単にその話もしましょう。あなたの記憶喚起に、きっと必要だから。人間の脳はココナッツくらいの大きさで、形はクルミに似ているの。固さは冷蔵庫に入れていたバターくらい。一見して、大脳皮質という、灰色がかったしわだらけの組織に覆われている。

人の脳は、大きく分けて三つの層から成り立っているのよ。一番上にあるものが大脳。これはいうなれば人間の脳ね。進化的に一番新しいの。そしてそのすぐ下にあるのが大脳辺縁系、これは哺乳類の脳ともいうべきもの。ここは視床、視床下部、扁桃体、海馬、小脳などの集合体。人類の脳は、かつてはこの小脳が中心だったと考えられるけれど、やがて今の大脳に立場をとって替わられたのね。その下、第三層にあるものが脳幹、これは爬虫類脳とも呼ばれる、進化的には一番古いもの」

「ふうん。だんだんそんなふうに成長してきたわけだ、脳は。爬虫類、哺乳類、人間って」

「ええそうよ。脳の一番奥、下方にある爬虫類脳、これは爬虫類もみんな持っている最も原始的な脳で、五億年もの昔から、人類の祖先の生物が持っていたと考えられる脳。ここにある網様賦活系という部分が、入ってくる情報が古すぎないか、また重要であるかないか、などをふるいにかけて上に通すの。脳のすべてのもとじめね。

さらにここは体の組織ともつながっていて、体と脳との情報交換をするの。脳幹の細胞集合は、人間の呼吸とか脈拍、血圧といった生命プロセスを管理するの。ここが損傷すると、歩行困難とか、動作の障害が現れるから、あなたの場合、これは問題にならないわね。

一番上の大脳だけど、その表面は大脳皮質と呼ばれて、神経細胞のネットワークで覆われていて、『考える帽子』という異名を持っているのよ。人間と他の動物を区別する部分がここ。しわがいっぱい入っていて、大きく四つの葉《よう》に分かれているの。一番後ろにある部分が後頭葉、その下、耳のあたりに位置する部分が側頭葉、頭のてっぺんあたりが頭頂葉、前方にあるのが前頭葉ね。

後頭葉は、そのほとんどが視覚処理の領域で占められていて、頭頂葉は、運動や方向、計算、ある種の認識を受け持っているの。側頭葉は、音や音楽の理解、記憶の、たぶん貯蔵、それから通常は左側だけだけれど、言語の理解や処理を受け持っているの。前頭葉は、思考、概念化、感情の意識的な認識などの、脳のあらゆる機能を統合する働きをしているのね。

脳の中心にある松果体を除けば、脳はハンバーガーみたいに真二つに分かれるのよ。大脳も二つに分かれていて、この間には脳梁というケーブルの束があって、これが両者をつないでいるの。これはふたつの脳が効率よく仕事をするための、橋渡しのラインね。

大脳辺縁系の各モジュールも、すべて二つずつあるのよ。扁桃体も二つ、視床も二つ、視床下部も二つ、海馬も二つ。そしてこれら大脳辺縁系全体でもって、ここは人間の感情の中心を担っているの。学生たちに、私はいつもこう教えているのよ。大脳辺縁系の大きな働きは四つのFだって。Fear（恐怖）、Fleeing（逃避）、Feeding（食欲）、そして Fuck（性欲）よ。そして怒りとか激情、悲しみや愛、そういった感情の中心にもなっているの。

各モジュール単体の役割について言うと、視床下部は性衝動や、攻撃衝動を起こさせる器官と考えられるの。少なくともこれに、ここは深く関わっているわね。たとえば猫の大脳をすっかり取り去っても、視床下部さえ健在なら、近くのネズミに怒りの表出をする。視床下部を電気刺激すると、ネズミに襲いかかりもする。

視床下部によるこの情動は、扁桃核とも連係していて、扁桃核を電気刺激したり、化学物質を注入したり、それとも傷つけたりなどすると、怒りっぽくなったり、逆に極端におとなしくなったりするの。この実験が何を意味するかというと、こうよ。扁桃核は、視床下部に情報を送る前段階に位置して、外からの刺激を判断する一種のフィルター機能を持っているのではないか、そう考えられるの。猫の扁桃核を破壊すると、餌を異性と間違えて、性行為をしかけたりすることがよく知られているの。扁桃核が餌を見て、これは異性だという誤情報を視床下部に送るのよ。

人間のあなたも、ここが異常なのよ。だから機械を女と間違えるの。エアコンのダクトを、むっちりした太腿と間違えて勃起するのよ」

トマスはオス猫のような唸り声をたてた。

「怒りの感情をどうしてもコントロールできない凶暴な患者には、手術によってこの扁桃核を切除することも考慮されるの。あなたが自分の記憶を取り戻せず、自分自身になれないで凶暴のままなら、間違いなくこの手術の対象に入ってくるでしょう」

「ああそれ、聞いたことがあるぞ、なんとかいう手術だろう、昔有名な暴れん坊女優がされた手術」

「あなたはロボトミーのことを言っているんでしょう？」

「ああそれだ！　世にもひどい手術で、発明した医者も、自分が手術して、生きたゾンビにした患者に撃ち殺されたって聞いた。戦場でみんなよくそんな話をしていた。下手に捕虜になったら、VCにそれをやられるぞってな」

「エガス・モニスね。ポルトガルの神経学者、その通りよ。女優のフランシス・ファーマーも、ロボトミー手術を施された。有名な話ね。でもあれは前頭葉白質切開。扁桃核とは全然場所が違うわ。あの頃は前頭葉の大事な役割もよく知られてはいなかった。とても不完全で、乱暴な手術よ。視床下部や、扁桃核に対するものとは違うわ。でも手術されないですむなら、それはその方がいいわねトマス。

もうひとつ大事なこと、この扁桃体は前頭皮質とつながっていて、脳の感情的な部分が今何を感じているかを前頭葉に伝えているのよ。前頭葉のこの部分と扁桃体とは一体となって、他者の気持ちを類推して理解し、思いやりを働かせるといった大事な活動もしているの。サイコパスの多くは、この部分が故障していることが多いの。そしてトマス、あなたも例外ではないわ。この部分が充分には働いていないのよ」

「へえ、そうですかい」

「他人の痛みを、あなたは自分のものとして感じることができない。これは人として重大な欠陥ね。治療の要があるわ。そしてトマス、あなたにはもうひとつ大きな病的な特徴がある」

「なんです？」

「あなたの左脳全体が、普段充分に働いていないのよ」

「左脳が？」

「そうよ。そのはっきりとした証拠が、右目がよく見えていないこと。顔の前右側に置かれたバナナを、あなたはうまく認識できない。見えていないんじゃないわね。網膜から始まる視覚伝達系のモジュールは作動しているんだけれど、それを受けた左側の脳が、それをうまく情報処理できないの。

最初は後頭葉の視覚野だけの問題かとも考えたけれど、それでは記憶の中のローランドの街も左側しか想起されないことがうまく説明できない。やはり左脳全体の問題ととらえるべきだと思う。こういうことが起こった理由は、やはりヴェトナムで飛び込んだ弾丸のせいだと思う」

聞いて、トマスはじっと考え込んだ。しばらくの間、ずいぶん深く考えていたが、こう言った。

「だが先生、こんな問題には俺は素人だし、自分がたいして頭がいいとも思っちゃいないが、今の話、おかしくはないですかい？」

「どこが？」

女医が言った。

「今の先生の話だと、人間の脳の左側は、言葉を担当しているって話だった。そうじゃないですかい？」

「そうよ」

「もし俺の左脳が働いていないのだったら、俺はしゃべれなくなるんじゃないんですかい？」

「素晴らしい質問だわトマス。私のクラスの学生になれるわよ。ロン、停めてみて。そして一分間待ってねトマス。そして私が『ゴー』と言ったら、ロンの指が指すものの名前を応えて」

天井のスピーカーから降ってきていたモーツアルトがぷつんと停まった。そして一分の間、部屋は完全な沈黙になった。

「ゴー」

女医が短く言い、ロンと呼ばれた白衣の男が、病室の隅の花瓶の脇に立って、ここに挿入されたユリの花を指で示していた。トマスはいさんで言った。

「ああ、それはなんだ、あの……、それは……、あれだろう、だから……」

そして沈黙になる。

「ネクスト」

女医の言葉を合図に、ロンはその下の花瓶に手を移し、触れている。

「ああ、それだ……、だから、それは……、なんなんだ、あれが……あれだ」

トマスは咳き込むように言った。

「ネクスト」

ロンは次にデスクを指さす。

「あれが、あー……あー……あー……」

トマスはついに、「これ」とか、「あれ」といった言葉も失った。

「解ったでしょうトマス、あなたは、音楽がかかっているか、それともあなたに向かって絶え間なく会話がしかけられている時だけ左脳が働くの。いいわロン、つけて」

またモーツアルトが始まった。

「音楽がすっかり消え、今の私のように、『ゴー』とか『ネクスト』しか会話相手が言葉を言わないでいると、あなたはたちまち言語を失ってしまうのよ。左脳が稼働の手がかりを失って、機能をほとんど停止するの。音、特に音楽が、あなたの左脳のスウィッチになっているのよ。その音楽の中でも、特にロックが最もよいらしいわね。ロックのビートは、あなたの左脳のスウィッチをしっかりとターンオンしてくれるの」

「へえ、ああ……、しゃべれるようになったよ先生」

「あなたはこれまで、一人きりの沈黙がとても恐かったはず。絶えず音を聴いていたかったはずよ。そして朝、無音の中で目覚めれば、言葉は必ず失われていたはず。思い出せるかしら」

5

「ああ、だがさいわいヴェトナムじゃ、周りが静かになる時なんてなかった。戦場はもちろんだが、後方にいても、病院にいてもだ。一番騒々しいのが病院だった。いつも大部屋のどこかで、腕がもげたり、足がなくなったりしたやつが大声でわめいていた。両方のやつもいたがな、阿鼻叫喚さ」

「地獄ね」

「あれが本当にそうだった。あの時わめいていたあいつらも、今頃このアメリカのどこかにおさまっているんだろう。不思議だな、どうしてるのかな。だがともかく俺は、そういう騒ぎに馴れちまった」

「なじむまでもなかったんじゃない?」

女医が言った。

「どういう意味だい？　最初はそりゃ嫌だったさ、俺だってな」

トマスは言った。

「病院から、また前線に戻ったのね？」

「半年病院にいて、また志願して戻ったんだ」

「何故？」

「何故って、それが兵隊の務めだろう？　俺は軍曹で部下もいたし、仲間に会いたかったからな。だが確かに、最初はあんなに引き揚げたい、すぐにでも国に戻りたいって思っていたんだからな、不思議といや不思議だ……」

言ってから、トマスはずいぶん長いこと考えていた。

「面白くなったんじゃないの？」

女医は訊いた。しかしトマスは即座に言った。

「いや違う。面白いんじゃない」

それから、またじっくりと考えていた。

「面白いなんて冗談じゃねえ。あんな、いつやられるか解らない毎日」

「でもあなたには合っていたんじゃない？　馴れてくると、楽しめるようになったんじゃないかしら？」

それでもトマスは、慎重に長いこと黙っていたが、やがてゆっくりと頷いた。

「まあそれに近い感じはあったかもしれないが、しかしそりゃみんなそうだろうよ。そうじゃなきゃあんなクソ溜め、何年もいられやしない。みんな人殺しになじむんだ。牧師だって、動物愛護協会の会長だってそうだろうよ、あんなところに行きゃあな。そうじゃなきゃ逆に狂っちまう」

「思い出せるようになった？　ヴェトナムであっ

たこと」

しかしトマスは、考え考え首を横に振っていた。

「まったく駄目?」

「そんなことはない。こうして考えていると、断片的なことなら、そして全体の感想なんかは言えるけど、ちゃんとした内容は無理だ。たとえばケナンの作戦の一部始終を説明しろなんて言われてもな、とてもじゃないが無理だ。もう昔々のことだしな」

「そうね」

「あそこは本当にひどかった、反吐が出る。二度とごめんだ、どんなに金を積まれても、もうごめんだ。胸くそが悪くなるんだ、思い出そうとするとな。あの国のことずっと考えていることなんてな、とてもじゃないができやしない。吐いちまいそうだ」

「おうトマス、可哀想に。あそこは、それほどにひどかったのね?」

「本当の地獄だった。あんなひどい思いは、それ以前にも以後にも経験したことなんてない。完全な狂気だ。あのジャングルは、みんなに殺人狂のサディストになれと強要するんだ。ありゃ戦争じゃねぇ、なんていうか……、変質者のジャングル・ゲームだ」

「ジャングル・ゲーム? 変質者の?」

「そうだ、戦争ならもっとそれらしいメリハリがあるはずだ。いついつの殲滅作戦がこの戦争全体の天王山だってな。そいつが終わりゃ大勢の決着はつくんだ。それが戦争ってもんだろ? だがヴェトナムは違う。だらだら、だらだらの連続だ。いつまでだって続く、終わりが見えないんだ。こっちが引き揚げなきゃ永遠に続くだろうよ。それがヴェトナムだ。

　だってVCにゃ国境なんてありゃしないんだ。ジャングルがある限りやつらの国だ。補給線は隣のカンボジヤまで延びてる。その先は中国、ロシアだ。元を断たなきゃ永遠に終わりゃしないさ。どっかに巨大な孵化池があるのに、一匹ずつ蠅を殺しているみたいだった。どこに隠れてるんだか解りゃしないVCを、毎日ちょこっとずつ狩り出して、こっちも一人ずつやられてって。あんなもの戦争じゃねえ！　山に逃げ込んだ大量の変態どもの山狩りだ。こっちも毎日一人ずつやられる、ひでえやり方でな。変質者にでもならなきゃ、とってもじゃないがやっちゃいられねぇ。変質者同士の変態ゲーム。ああそうだ、ヴェトナムってのはなぁ、変態どもの巣だったぜ」

「そう」

「そうさ！　あらゆるサディスティックなお遊びが続くんだ。あれを経験したやつで、頭がまともなまま国に帰ったやつなんて一人もいないはずだ。ドラッグでもやらなきゃ身が持たない。第二次大戦のノルマンディも、太平洋の沖縄もひどかったと聞いてるが、大勢が数日で決するような天王山は必ずあったはずだ。ヴェトナムは違う。あそこにいる間中ずっと、毎日毎日変態犯罪者と鬼ごっこだ。一万人が一日で死んじまうような戦闘はなかったかわりに、前線に出て一日だって、いや十分間だって気が抜ける時はなかった。後方にさがって眠ろうと思や、蟻に蛭に毒蛇だ。ついでにマラリアと赤痢と、梅毒だ。ありゃ神経戦だ。ホー・チ・ミンのやり口はそうだ。こっちを眠らせないんだ。神経をぼろぼろにする気なんだ。アメリカの男を全員精神病院送りにして、国を滅ぼそうって腹だ」

「この国家を？」

「ああそうだ、そのくらいやつは考えていた。俺にははっきりと解った。あんなクソ戦争、それまで誰も経験しちゃいないはずだ。あの戦争のおかげて、頭のおかしくなったやつらがずいぶんこの国に戻ってきているぜ。ホー・チ・ミンは、フランスとの長い戦闘で、白人野郎はどうすりゃまいるかをよく知っていた」

「そう」

「そうさ。戦闘に出る時は、みんな一列になってジャングルに入る。道は狭いからな。時には、長い長い蛇みたいだったろう。ＶＣは、いつだってそれを見ているんだ。どっかで必ず俺たちを見ている。やつら、もともとジャングルは自分の棲み家だからな、自分の庭なんだ。


グーク（土人。ここではアジア人に対する蔑称）ども、あきらかに殺しを楽しんでいた。こっちは連中から丸見えなんだ。だからいくらでも殺せるだろうぜ。今日はどいつをやってやろうかと、ほくそ笑みながら狙っている。えらく高慢ちきなやつらだったぜ。

毎日一人ずつやられていくんだ。一日一人だ。少ないようだが、こいつはこたえる。必ずだからな。酸が金属を侵すようにして、俺たちの精神はやられていく。ひとつの作戦行動で、必ず一人はやられるんだ。出発する時、今日は誰がやられるだろうってな、みんな考えてる。そうやって神経をやられるんだ。

やつらは鶏みたいに素早い。ほとんどのやつら、装備なんてたいして持っちゃいないからな。銃一丁、サンダル履きで、背嚢もなしだ。俺たちは重装備だし、夜は全然眠れてない、だから象みたいに鈍重なんだ。やつらの目からはな。だからまるっきり射的の的だったろうぜ。やつら闇夜でも目がきくんだ。こっちが眠ると襲ってくる。雨の闇夜なんてな、最悪だったぜ。

敵がえらく小柄だと思うことがある。そういう時はたいてい女だ。だがあなどっているとやられる。目も腕も確かな兵士だ。仲間が何人も女に殺された。

ひどい殺し方をされるんだ。落とし穴が掘られていて、先頭のやつが落ちる、すると下には竹槍がびっしり上を向いて並んでいて、仲間は下で串刺しだ。竹槍には毒が塗られていて、仲間は痙攣して死んでいく。斥候に出ていった仲間が、そうやって何人も死んだ。親しくしていたやつの死体に、びっしりと蟻がたかっているのを何度も見た。穴ぼこになった目のところから、蟻がぞろぞろ出入りしていた。

地雷で足を吹っ飛ばされるなんてのはしょっちゅうだ。槍をびっしり植えた巨大な玉が、頭上から降ってきたこともあった。振り子みたいな仕掛けになっていた。

そのあげく、穴蔵にいたVCどもをやっと捕まえたら、こうやって両手を合わせて命ごいをしやがる。やつら無表情だから、腹の中でこっちを笑っているように見えるんだ」

「その人民戦線の捕虜はどうしたの?」

「どうしたって、どうもしないさ、処分は上官にまかせたよ」

「虐待もあったんでしょう?」

「俺たちがかい?　グークどもの方がよっぽどひどかったぜ。仲間が殺されて、立ち木に縛りつけられていた。首から犬と書いた札を下げられて、下半身は裸で、あれをちょん切られていて、大勢で小便をかけられていた」

「ひどいわね」

「ああ、こんなのはしょっちゅうだ」

「あなたたちもやったんでしょう?」

女医は訊いた。トマスは首を横に振った。

「いいや、話にゃ聞いたがな、俺らのプラトーンはやったことがない。俺たちには軍事法廷ってものがあるんだ。やったやつは裁かれたはずだ」

「ヴェトコンの女性に、ひどい拷問もしたとも聞いたわ」

「らしいな。だが俺たちはやらない。先生、もうヴェトナムの話は勘弁してくれないか。気分が悪くなってきた」

「OK、いいわ。復員して、スティーヴンの家を訪ねようとして、あなたは事件を起こした。それから? ヴェトナムが思い出せた今、あなたはこの先ももう思い出せるはずよ」

トマスはじっと考えていた。しかし、言葉はなかなか出なかった。

「地獄の戦場から静かな本国に帰還して、あなたは、おかしくはならなかった?」

トマスはしばらく考えてから言った。

「いや別に。気がつかなかったな。そういやホテルでも、寝ながらずっと音楽かけていたけどな、別におかしくはならなかった」

「あなたには戦闘が続いたからよ。スティーヴンの家には?」

「ああ、滞在した」

トマスは言った。

「どのくらい?」

　またしばらく考え、トマスは言う。

「ひと月以上にはなったろうな」

「そんなに？」

「ああ、一緒にあちこち行ったからな」

「警察は来なかったの？　アデールの事件のことで」

　少し考え、トマスは応えた。

「来たな、だが別に調べられることはなかった」

「あなたに罪の意識は？」

「全然なかった。夜もよく眠れた。むしろ滞在が一週間もたった頃、退屈して眠れなくなった」

　トマスは即座に言った。

「まあ、なんてこと」

　女医はいっとき絶句した。少し時間を置き、こう訊いた。

「それからどうしたの？」

「聞いてみたら、スティーヴンも退屈で死にそうだという、このまま爺いになっちまうのはご免だという。それで二人して、ヒッピーのコミューンを襲うことにした」

「どうして？　目的は何？」

「別に。退屈しのぎさ。それから女だ」

「女？」

「ああ、連中はみんなフリーセックスでつながっていた。だったらこっちにもお裾分けをもらおうってわけさ。だって俺たちはアメリカのために命をかけたんだ、そのくらいの権利はあるはずだろ。コミューンの女たち、たいていいつも裸でいて、誰にやられることも、別段なんとも思っちゃいなかった。それなら俺たちにこそやらせるべきだ。だからハーレーで乗り込んで、襲って銃で脅して、女をかっさらってきて、近くの草原でレイプして、それから戻してやった。殺したりはしていない。ただのゲームだ」

「どこのコミューンを襲ったの？」

「どこといって、たくさんだ。あの頃の西海岸には、そういうコミューンがいくらでもあった。最初は用心して、スティーヴンの牧場から遠い、サン・ルイ・オビスポだの、サンフランシスコあたりのコミューンを襲っていたが、あんまり歯応えがないもんだから、用心するのもだんだんに馬鹿馬鹿しくなってきて、近くを襲った。ＶＣに較べりゃあんまりにも簡単だったからな、まあそりゃ当たり前だが。相手はろくに銃も持っちゃいないんだ」

「それで？」

「それで……」

トマスはまたじっと考えていた。それからこんなことを言った。

「先生、このベルトをはずしてくれないか、こんな年寄り、もう何もしやしない。苦しいんだ。考えがまとまらない」

女医はちょっと考えたが、言った。

「ＯＫ、いいわ」

それで衛生夫が彼の手足、胴体のベルトをはずした。

「ああ、楽になったぜ。それから……、それからどうしたんだったかな」

トマスは目を閉じ、じっと考えていた。

「思い出せない？」

「ああ、なんだかまた面倒なドンパチがいくつかあったような記憶だが、よく思い出せない。スティーヴンは家に帰っていった。こんな戦闘じゃ退屈だって言ってな。俺も一緒に帰ろうって誘われたんだが、なんだか理由があって、俺は一人になったんだ」

「そうよ、あなたは一人になった。それからどうしたのかしら？」

トマスは、苦しげに考え込んだ。懸命に記憶を掘り起そうとしていた。

「戦闘行動があって、俺のヴェトナム帰りの技量をいかしてくれと言われたんだ。だが、あれはいったい誰にだったろうな、そう頼まれたのは」

「そうよトマス、それこそが重要よ。その後のあなたは、ある人物に会ったの。さあ、それは誰？」

「ある人物だって？　誰だろう……」

トマスは自由になった左手で懸命に額を押さえ、考え込んでいた。

「ヒッピーよトマス、その男の顔を思い出して」

トマスはじっと考えていたが、言った。

「ああ、思い出した、なんだかさえない小男だった。髭をはやしていて、髪は長髪だった。そいつが……」

「ええ、その男が？」

「こいつが俺にストーリーを語ったんだ。けっこう興味深い内容だった。それで俺は、こいつ案外解ってるなと思って、話し込む気になった」

「その男、何を言ったの？」

女医は訊いた。トマスはじっと考えた。

「ああそうだ、こいつ、今に自分のコミューンがニガー（黒ん坊）に襲われると言ったんだ。だから銃を揃えたんだと。それで戦闘行動をみなに指導してくれと俺に言った。誰も撃ち方なんて知らないからな。だが今どきニガーなんて言葉遣うとはな、ちょっと驚いたぜ。けどえらく面白いやつで、だから俺はそいつのコミューンにいる気になったんだ」

「ヴェトナムのブラウン・スターが、ヒッピーの仲間になったのね?」

「ああ、まあ、そういうこったな」

「その男の名前は?」

「待ってくれ、どうしても思い出せないんだ。そもそも俺はどうしてこいつにひかれたんだったか……」

「ええ、それ、とても大事なことよトマス、さあ思い出して」

女医は言って励ました。しばらく目を閉じていたトマスだったが、いきなりこう叫んだ。

「『ヘルター・スケルター』だ!」

トマスは目を開いた。

「ああそうだ、思い出したぜ。こいつも『ヘルター・スケルター』に着目していて、仲間に『ヘルター・スケルター理論』だって、そう言っていた」

「それはどんな理論?」

「あのロックに出てくる詩は、実は暗号なんだって言ってた。深い、隠された別の意味があるんだと。そいつを解読したんだと自慢していた。俺もあれはただの歌じゃないって思っていたからな、興味をひかれた。だからちょいと話を聞いてみようかって気になったんだ。そうだ、ああそうだぜ!」

「その男の名前は思い出せる?」

「ああ思い出した。あいつ、チャールズ・マンソンっていった」

トマスはきっぱり言った。

「チャールズ・ミルズ・マンソン、ガキの頃からブタ箱にいて、刑務所で育ったと言っていた」

6

「もっと話して、そのチャールズ・マンソンとはどこで会ったの？　彼はどこに住んでいたの？」

「トパンガ・キャニヨンの、スティーヴンの牧場からほど近い場所に、スパーン・ムーヴィー牧場というものがあった。昔、西部劇映画の撮影によく使っていた牧場らしい。マンソンはそこに住んでいた。牧場主はジョージ・スパーンっていう男で、もう八十歳以上になる高齢で、目もよく見えないし、生活に不自由していた。コミューンの女たちが食事や生活の世話をしてやって、セックスもしてやって、それと引き換えに牧場の一角をコミューンにして住む許可をとっていた。このコミューンのリーダーがマンソンだったんだ」

「そのマンソンて男のこと、あなたはどうして知ったの？」

「レイプして、仲良くなった女から聞いたんだ。トパンガ・キャニヨンにスパーン・ムーヴィー牧場というものがあって、そこにマンソンって変なやつがいて、『ヘルター・スケルター理論』ってものを周りの者に講義しているって。俺も『ヘルター・スケルター』は気になっていたから、それで興味が湧いて牧場を訪ねたんだ」

「彼らのファミリー、どうやって生活していたの？」

「生活？」

「だって誰も働いていなかったんでしょう？　収入はどうやって得ていたの」

「収入なんて必要じゃない。一日おきにグローサリー・ストアの裏口に行って、期限が切れて捨てる食料を全部もらってくるんだ。店もゴミが出ないからって喜んでたぜ。それをみなで料理する。女たちを中心にな。だから自動車は必需品だ。俺もよく運転して、チャッツワースの街まで食料もらいに行ったぜ」

「でも、食料だけでは暮らせないでしょう？　牧場の中に居住施設も必要だったんじゃない？　建物はどうしたの？　ジョージの家にみんな暮らしたの？」

「連中の建物はログハウスだった」

「その建設資材はどうしたの？」

「リンダ・カサビアンっていったかな、ファミリーのメンバーのこの娘が家出した時、多額の現金を持ってきていたんだ。それからケイティ・パトリシア・クレンウィンケルって娘は、父親のクレジット・カードを持って家出していた。それらでホームディーポからログハウスの資材を買ったんだ」

「ファミリーの車は何？」

トマスは目を閉じたままで言った。

「車は黒く塗ったフォルクス・ワーゲンのミニバスだ。横腹にハリウッド・フィルム・プロダクションと白く書いてあった。ただしLが一つ少ないハリウッドだ。それとフォードもあった。白と黄色のツートンのフォードだ」

「『ヘルター・スケルター理論』について話して」

「サイエントロジーの助けで解ったんだと、みんな言っていたな。だが当のマンソンは否定していた。すべて自分の霊感からだと言っていた」

「『ヘルター・スケルター』の歌詞に裏の意味が

あるっていうことね？」

　トマスはしばらく考えた。そしてこう言う。

「いや、必ずしもそうじゃない。それもむろんあるが、ホワイト・アルバム全体の解釈だ。『ヘルター・スケルター』は、それらを象徴する言葉ってことだ。もっと直接的に重要な歌詞は『ブラック・バード』、それから『ピッギーズ』」

「それらが？」

「『ブラック・バード』は黒人の蜂起を意味し、うながしているんだ。『ピッギース』は権力の豚ども、その共食いを嘲笑っている。『レヴォルーション・ナンバー9』は、『ヨハネ黙示録の第九章』のことだ」

「ふうん。でも『ヘルター・スケルター』って、移動遊園地の滑り台のことでしょう？」

「そりゃただ表向きの意味だ」

　沈黙になった。トマスはじっと考え続けている。

「それにどういう裏の意味が？」

　女医が訊いた。

「マンソンの考えでは、アメリカではいずれ黒人どもの武装蜂起がある。そして白人との全面戦争になる。これにアジア系も加わる。そして国中を巻き込んで、三つどもえの大流血の事態になる。その間ファミリーは、どこかの砂漠に地下施設を作って、この中に隠れているんだ。そしてフリーセックスしながら生活する。何年かしたら、地上は最後には黒人どもの勝利に終わっている。でも黒人どもは無知だからな、一人じゃ何もできないんだ。だからこっちに教えを乞うてくる。その時には俺たちが地上に出ていって、やつらを指導して、このアメリカを治めるんだ」

　少し沈黙になった。ややあって、女医が言った。

「それが『ヘルター・スケルター理論』？」

「そうだ。そうなったらマンソンは、自分が大統領になる気でいた」

「あーらそう」

女医は言った。

「だがどうやら、戦争は起こらなかったみたいだな。あんたたちみんな、白人みたいだからな」

「そうね、あなたと同じ白人ね。この病院の経営者も、黒人じゃないわね」

「俺たちの襲撃が失敗したからな……」

「でもあなたたち、穴を掘ってもいないし、砂漠に出かけてもいない。これは何故？」

トマスはじっくりと思い出していたが、言った。

「カラード対白人の全面戦争は、ただ待っていても起きない。こっちがきっかけを作ってやらなくっちゃな」

「それでシャロン・テートを襲ったの？」

「ああ、そうだが、あれはもともとはもっと別のことが理由だったな」

「どんな？」

「ファミリーのメンバーのテックス・ワトソンが、バーナード・クロウって黒人からドラッグを買ったんだが、期限までに金を払えなかったんだ。こっちは踏み倒すって言ってるんじゃねえ、ただもうちょっと待ってくれって言っているだけなのに、やつら馬鹿だから、話が全然通じねえ。それでマンソンがクロウの仲間を射殺した。取りたてのチンピラが、テックスのガールフレンドの家を襲いやがったんだ。だからマンソンは、いずれクロウが仕返しにコミューンを襲ってくるからと言って、銃やピストルをどんどん買い揃えていた。その頃俺がファミリーに加わったんだ。女も多かったし、みなろくに銃の撃ち方なんぞ知らない。それでプロフェッショナルの俺に、戦闘の指導を乞うてきたってわけだ」

「ふうん、あなたは指導したの?」

「毎日な。ジャクソンビルの訓練場ばりだったぜ」

「みんな上達した?」

「少なくとも射撃はな。そしたら、噂を聞いて恐れをなしたのか、クロウたちは襲ってこなかった」

「で、それで? 何故シャロンを?」

トマスはまた考え込んだ。

「待ってくれ。あれは、コミューンを砦化するには、あと八千ドルは必要だと俺が言ったんだ。戦闘が万一長期化した時のために、銃器、弾薬の補充の要もあった。マンソンは、銃器購入金の内で、まだ払っていないものもあったんだ。それでマンソンが……、待ってくれよ、今思い出す」

そして目を閉じ、考えていたが、やがて目を開け、言った。

「だがよ先生、こんなことが必要なのかい?」

「必要よトマス、とても大事なこと」

女医は言った。

「だが、もう世間はみんな知っていることなんだろう?」

「知っているわ。歴史的な事実よ」

「じゃあ何も俺に訊かなくても……、ああそうだな、解っているさ。俺の頭に記銘ってやつを起こすためだ」

「ええ、そうよ、その通り」

「だが先生、どうもまだはっきりしないんだ。ある程度助けてもらえたら、もっと早くに思い出せるよ。俺はいつ捕まったんですかい？　マンソンとの共同行動でだったかな」

「そうよ、彼と一緒に捕まったの。いいわトマス、じゃ私があなたの捕まった時のこと、説明するわね。それをもとに、あなたは細部を思い出すのよ」

「ああ解った」

「あなたとマンソン・ファミリーは、今あなたが思い出そうとしている襲撃を入れれば、四件の襲撃事件を起こしたの。そしてあなたたちは、四件目で捕まったのよ」

「へえ、そうですかい。四件ね」

「トマス、その四つとも、事件内容を思い出すのよ。それでもう終わりよ。これまであなた、本当によくやってるわ。とてもいい仕事ぶり。後はそれらさえ思い出せれば、あなたはもう薬や手術で眠らされることはないのよ。明日からはもう、社会復帰用のリハビリテーション・プログラムが始まるわ」

「へえ、やったな。そいつは嬉しいね、じゃあせいぜい張りきらないとな」

「そうよ、さあトマス、ラスト・スパートよ。手早く片づけましょう。薬の残り時間も少ないわ。最初の襲撃は誰？」

「あれは、何といったかな……、音楽教師だった。マンソンの知り合いで、ドラッグの密売でしこたま儲けているって話だった。それでマンソンが、そいつのところに行って八千ドルばかり借りてこいって言ったんだ」

「誰に言ったの？」

「ボビーだ。ボビー・ビューソレイル。それで彼と、ファミリーの何人かが向かった」

「あなたは？」

「俺は行かなかった。ずっと牧場にいた」

「マンソンは？」

「後でボビーに電話で呼ばれて、教師の家に向かった。彼らが帰ってきてから、ボビーが音楽教師を殺しちまったって聞いてびっくりした。あの教師、なんて名前だったかな……」

「ゲイリー・ヒンマン」

女医が言った。

「それだ！　ゲイリーだ。マンソンは、ゲイリーの耳を切り落としてやったって言っていた。縛って耳を切り落とすなんてな、ＶＣに対するやり口だぜ」

「それ、あなたが教えたの？」

「ああ、確かにやつに話したな。戦場でのことは、しょっちゅう話していた。ＶＣも俺たちに対してやっていたことだ。おあいこだぜ」

「あなたたち、敵の耳を集めたの？」

「そんなもの集めたこたねえ。集めたのは舌だ」

トマスは言った。

「何をですって？」

「舌だ。まだ新兵でびびっていた頃だ、ＶＣを匿っていた村を丸ごと焼いて、抵抗するから村人をみな殺しにした。本国に知られちゃいないが、実は女も子供も、全部なんだ。だってしょうがないぜ、誰がなんと言おうと、連中がＶＣを隠していたのは事実なんだからな。これを大目に見たら、こっちの全滅にもつながりかねない。解るだろう？

無我夢中のどたばたで、ふいとわれに返ったら、俺は舌を集めて廻っていた。女の死体の口をこじ開けて、ナイフで舌を切りとるんだ。そうしてこんな長い竹串に、そいつをたくさん突き刺して持っていた。しっかりと右手にな。そいつに気づいたら、われながらぞーっとしたぜ」

「どうしてそんなことを？」

女医が訊き、しばらく考えてからトマスは言った。

「解らないんだ、理由なんてねぇ。戦場ってのは、とにかくそんなものなんだ。告白させりゃ、みんな必ず、似たようなこと何度かやってるぜ。恐怖で頭が狂っちまうんだ」

「ボビー・ビューソレイルは、それからまもなく逮捕されたわね、単独で」

「ああ逮捕された。ファミリーの女たちが憤慨していた、一人だけだったからな、捕まったのは。ボビーは以前映画に出たこともあって、可愛かったからな」

「ええ、それで？」

「人種間戦争を起こさせるには、世界中の注目を引くような大きな事件をいくつか起こさなくちゃならないって、マンソンが言ったんだ。戦争が起これば、ボビー奪回のチャンスもあると。そのためにはビヴァリーヒルズの有名人を襲うのが一番だ、新聞やテレビが大騒ぎするからな。きっといい女もいるだろうし。だが何より連中には金がある。ファミリーには大量の資金が必要だった。なにしろこれから地下施設を作らなくちゃならない。武装もしなくちゃならないしな、食料だって要る。ともかく大金が必要だったんだ」

「それでシャロン・テートと、ロマン・ポランスキー監督の家を選んだのね」

するとトマスが右手をあげて言った。

「いや、そういうことじゃない」

「違うの？」

「どこを襲うかは、マンソンが綿密に計画を練って決めた。人種間戦争の引き金にするにはどうすればいいか、やつは懸命に知恵を絞ったんだ。あいつはこういう策謀にかけては天才的なんだ。最初は音楽業界の大物を狙うことにした。それが若い連中に一番影響力があるからな。ターゲットは血の気の多い若者なんだ。

それで最初の攻撃目標は、レコーディング・プロデューサーのテリー・メルチャーにした。ビーチ・ボーイズのプロデューサーだ。だが襲ってみたら、メルチャーはもう家をポランスキー監督に売っていたんだ。それがあの事件の真相だ。それで俺たちは、しかたなく妻のシャロンたちを襲った。監督は家にいなかった。俳優の夫婦とか、美容師なんかが家にいて、犠牲になったんだ」

「シャロンを襲う気じゃなかったのね？」

「違う。あれほどの大物をしょっぱなに襲えば、後がやりにくくなる。みんな警戒して、ビヴァリーヒルズからスターがいなくなっちまう。最初はほどほどのやつがよかった」

「なるほど。みんな刺殺ね？」

「美容師の脇腹を、テックス・ワトソンがピストルで撃った。あれは致命傷じゃなかったが」

「スターのシャロンも刺したわね。妊娠八カ月だったのに」

「ああ、スーザンとケイティが押さえつけておいて、テックスが刺した」

「その血で、壁に『Pig』と書いたわね」

「あれは女たちの誰かのアイデアだった。ボビーを助けるためだ。音楽教師の家の壁にも、教師の血で『Political Piggy（かけ引き上手の豚野郎）』

と書いてきたらしいからな、あれと関連づければ、ボビーが冤罪だと思われないかなという意図のもとにやったんだ」

「そうなの」

「ああ。ボビーは、警察の取り調べで、ファミリーのことをいっさい口を割っていないようだったからな。それで教師殺しは彼の単独と思われていた。みんな同情していたんだ」

「シャロンのことは解ったわ。次は誰を？」

「リノ・ラヴィアンカだった。これはスーパー・マーケット王だ。とまあ言うほどのものでもないが、スーパー・マーケットのチェーン店の経営で当てた金満家だった。だから金目当てで襲った。みんな銃剣で武装して、もう二度目だからな、これは軍事行動らしく俺が指揮した」

「で、お金はあったの？」

「あった。脅したら、夫がすぐに膨らんだ財布を出した。店に行けばもっとあると言ったが、危険だからやめた」

「それからラヴィアンカ夫婦を縛って、寝室に連行して、二人ともベッドの上で刺殺したわね。夫のリノは喉を四個所、下腹部を八個所刺されている。奥さんのローズマリーは、体の全面を数十回、お尻を十六回刺している」

「ああ、あれは度胸をつけさせるために、女たちにやらせたんだ。ケイティとヴァン・ホーテンだ。最初は尻込みしていたが、叱りつけると発狂して、悲鳴をあげながら女の尻を何度も突いた。俺が留めなければ、朝まで何百回でも刺していたろうな」

「死体はひどい状態だったわね。リノを裸にして、腹に『WAR』、お尻と腿に『HELTER

SKELTER』とナイフで刻んであった」

「ヴェトナムではよくやったことだ。敵の死体に文字を刻むってのはな。勝利の証だ」

「冷蔵庫の扉に、血で『HELTER SKELTER』って書かれていた。壁に『DEATH TO PIGS（豚どもに死を）』、それから『RISE（反抗）』とも書かれていた」

「シャロン・テートの家以来、あれが俺たちのスタイルになっていたからな。また女たちの誰かがやったんだ」

「みんなヴェトナム流なのね？」

「ヴェトナムじゃ敵兵の血で文字を書いたことはない。しかし……、ああそうさ、正義の味方アメリカ軍の、これがアジアでの実態さ」

「シャロン・テート邸の襲撃が八月八日、リノ・ラヴィアンカ邸の襲撃は八月十日ね？　この日にちには何か理由が？」

女医は訊いた。

「マンソンが決めたんだ。これには格別理由はなかったろうな。だが次の襲撃はその二週間後と決めていた」

「二週間後？　何故？」

「そりゃ、ニュースがひと通り出揃うからだ。マスコミどもの仕事は一週間で一巡り、二週間で二巡りだ。一週間じゃまだ充分じゃないかもしれない。それなら二巡するのを観察していようって話になった」

「それで二週間？」

「そうだ。それと、襲うのはまた日曜日がいいと思っていたからだ。日曜日ってのがどこも警備が手薄なんだ。戦争がやりやすいんだよ。面白いことに、戦場でもそうだった。邪魔が少なくて、V

Cものんびりしてるんだ」

「つまり八月二十四日の日曜日ね?」

「ああそうだ。マスコミどもの反応を見て、次の攻撃行動を決定するつもりだった」

「では誰の家を襲うかはまだ決めていなかったの?」

「いや決めていた」

「誰?」

女医が言い、トマスは考え込んだ。

「待ってくれ、そいつが思い出せないんだ。ここまではすらすらいったのにな、何故なんだろうな」

「素晴らしいわトマス、とてもいい仕事ぶりよ。あとほんの少しよ。あなたはもうほとんどやりとげたのよ。あとはこれさえ思い出せれば、あなたを待つものは社会復帰へのリハビリだけ」


トマスは無言でじっと考え込んだが、まもなく両手で頭を抱えた。

「思い出せないかしらトマス」

「ああ」

「当時世間にはさまざまな憶測が流れて、それは大騒ぎになったのよ。ビヴァリーヒルズ中のお金持ちたちのガーデン・パーティが中止になって、ガンが飛ぶように売れて、大勢のスターたちが、ラス・ヴェガスやサンディエゴのホテルに逃亡したの」

「ああ……」

トマスは依然頭を押さえたまま、うつろな返事を戻した。

「さあ四人目の犠牲者の名前よ。ヒントを言うわね」

「ああ、頼みますよ。どうにもこいつは難物だ」

トマスは言った。

「ビヴァリーヒルズに住む大物スターたちの名前が、どんどん新聞の一面の大活字になったの。エリザベス・テイラー、フランク・シナトラ、スティーヴ・マックィーン、トム・ジョーンズ……」

トマスは、首を大きく横に振った。

「いいや違う、そんなんじゃない、その手の連中じゃないんだ」

「スターじゃないのね？　では実業家だったかしら」

トマスは黙り込む。

「駄目だ先生、俺は疲れてきた、しばらく休ませてくれないか」

「駄目よ」

女医は即座に決めつけた。

「薬が切れてしまうわ。ここまで来たのよ、あとわずかじゃない、やり遂げてしまいましょう！」

「なんでわずかなんです？　こいつを思い出しても、後三十年ばかしあるんだろう？」

「いいえ、後は刑務所内でのこと、これはそれほど重大じゃないわ。似たり寄ったりの繰り返し、だからこれは忘れたままでも、あなたの社会復帰は可能よ」

「ああそうなんですかい？」

「そうよ。約束するわ」

「先生、何故ここに、そんなにこだわるんだい？」

「あとわずかだからよ。さあ思い出してトマス、手術は嫌でしょう？」

「やなこった！」

トマスはわめく。そしてまた考え込んだ。

「そうか、思い出してきたぞ、そうか、そうだった！」

「何？」

「人種間戦争の引き金にするんだ、だから今度はカラードだ」

「カラード？」

「そうだ、次はカラードを襲わなくちゃならない。でないと戦争は起こせない。そうだった。そうしてこれまでの仕事を、全部カラードのしわざに見せることにしたんだ」

「ええ、それで？」

「最初は黒人の大物スターを狙うことにしていた。だがシャロン・テートのせいで、ビヴァリーヒルズの大物スターの家は、どこも厳重警戒になっていた」

「当然そうね。それで？」

「それで東洋人を先にした。まず東洋人、次が黒人だ。あと二人、俺たちは襲うことにしていた。それぞれのコミュニティのスターがいい。影響力の大きそうなやつを選ぶんだ。そうしたら東洋人、黒人のコミュニティが、それぞれ怒って白人を攻撃する。白人のグループも頭に来て応戦する。それがこっちの狙いだった」

「順番も決めていた？」

「決めていた。黒人の大物は後廻しだった。警備が固かったからな。しかしまったくの無警戒、警備も全然なしで、しかも東洋人のコミュニティの大スターで、格好の生意気なやつがいた」

「誰？」

「ブルース・リーだ」

「ブルース・リー？　誰？　実業家？」

「いや、俳優だ。カンフーの達人で、ダウンタウンで教えてもいた。テレビにも出ていて、あれは確か『グリーン・ホーネット』とかいう子供向きの連続ものだったが……、どうしたんだい先生、知らないのかい？」

「ああいえ、もちろん知っているわ。ちょっと度忘れしていただけ」

「空手やカンフーの達人だったからな、セキュリティのシステムも入れちゃいないだろう。金もまだ、さしてないだろうしな。だからこっちは、素手で組み合うつもりなんざ毛頭なかった。やつはチビだが師範だ。家に押し入ったら、ブルースはすぐに射殺する。こいつは中国人のくせに、白人社会に進出しようとする秩序紊乱者だ。こいつを嫌う白人は、当時ハリウッドにわんさといた。みんなに怨まれていたからな、やつをやれば拍手喝采間違いなしだ。大向こう受けを狙ったってわけだ」

「そう」

「こいつは異様に向こうっ気が強かった。白人に挑戦的だったから、いかにも白人を襲って、力でねじ伏せそうなタイプだった。ヴェトナムでグークどもにゃさんざん痛い目にあっていたしな、こいつをやるのは俺も大賛成だった。白人の権威をきちんと見せつけてやらなくちゃあと思っていた。いつまでもナメられたままでいてたまるかってんだ！」

「彼の家、通りの名前は憶えている？」

「ベルエアだった、通りはロスコーメアだ。番地はもう憶えちゃいねえ」

「あなたもこの男は気にいらなかったのね？」

「当然だ、ここはアメリカだぞ！」

　トマスは息巻いた。

「ヴェトナムのジャングルじゃねぇ！　ここでま

でグークにのさばられてたまるかってんだ！　そうして気にいらねぇのは、馬鹿な白人女がやつの女房におさまっていたことだ。こいつにゃきちんと罰を与えなくっちゃならねぇな。グークの女になんぞなるようなプライドの低い女はどうなるかってところを、きちんと世間さまに見せてやるんだ！　女までグークに盗られて黙っていろってのか！」

トマスが息巻いている間、女医は沈黙していた。

ずいぶん沈黙が続くから、トマスはわれに返って不安になった。

「先生、どうしたい？　俺はちょっと言いすぎたかな」

「そうね」

女医は冷静に言った。

「人種偏見的発言は、あまり感心しないわね」

「だがここはアメリカだ、俺たちの国だ、そうじゃないか？」

「インディアンも、同じことを私たちに言うかもよ」

トマスは、何かうまい反撃を思いつこうとしてか、黙った。しかし、その前に女医が言った。

「さあトマス。あなたは限られた時間内に見事にやりとげたわ。私からも祝福の言葉を送るわね、おめでとう！」

「ああ先生、そう言ってもらえて嬉しいね、ありがとう。で、俺は今からどうなるんだい？」

「もう夜も更けた。今から少し眠って」

「二週間も眠ってたってのにかい」

トマスは言った。

「大丈夫、また眠れるはずよ。もうすぐ薬が切れる。そうしたら、もしかしたらあなた、幻覚を見るかもしれない。でも心配しないで、何があっても命に別状はないわ。それはあなたの精神が日常をとりもどしつつある証なのよ」

「へえ、そうなんで？」

　理解できず、トマスは不安気な声を出した。

「大丈夫、心配しないで。安心して眠ってね。では明日の朝会いましょう」

　その声を合図に、二人の衛生夫はゆっくりとカートを押し、部屋を出ていった。出ていく前に彼らのうちの一人がドア脇のつまみを絞ったので、コーナーの一角だけを残して、部屋のライトは消えた。ドアが閉まると、トマスは一人、天井から降るバッハだかモーツアルトだかの音だけの暗がりに残された。

　医師との絶え間ない会話や、懸命に記憶をたどっていた緊張が去ると、女医が言っていた通り、トマスにゆるやかに睡魔が襲ってきた。トマスは、ゆっくりと眠りに落ちていった。

7

「トマス、トマス」

　名前を呼ぶ女医の声がどこからかした。

「ああ、先生……、今俺の名前を呼んだかい？」

　トマスはかすれた声で応じた。

「呼んだわ、どう？　目は醒めているかしら」

「ああ、今醒めた……」

　朦朧とした頭で応えた。声は、どうやら天井のスピーカーからのようだった。スピーカーの脇から、細いスポット・ライトが一筋、ベッドの足もとに落ちていた。

「あなたの今後を相談したいのよ。今からちょっと私の部屋まで来てくれないかしら」

女医が思いもかけないことを言った。

「今から？」

トマスはびっくりした。窓を見ると、まだ表は暗い。

「そうなのよ、悪いけれど、ちょっと急ぐ理由があるの」

「でも俺、歩いてもいいんですかい？」

トマスは尋ねた。

「むろんいいわよ」

女医はごく気軽な口調で言った。

「でも俺の頭は、電極がつながっているんじゃ……」

「もうないわ、触ってみて」

言われてトマスは自分の頭に触れてみた。その通りだった。頭の皮膚にはもう何もくっついてはいず、ただの禿頭だった。

「ドアを出て廊下を右よ。ドアについた窓のひとつから明かりが洩れているから、すぐに解るわ。では待っているわね」

そしてスピーカーは、またモーツアルトに戻った。

トマスはそろそろと体を起こし、尻で半回転して両足を床に降ろした。体が重く、何をするのにもゆるゆるとしか動けなかった。

足で床のスリッパを探り、両のつま先を入れてから、ふと思いついてサイド・テーブルの上に置いた老眼鏡を取って、ゆるゆると鼻の上にかけた。それから両足に力を込めて、ゆっくりと立ちあがった。いや、立ちあがろうとした。だが、無理だった。どすんと、トマスはまたベッドに尻餅をついていた。ついさっきまで、女医と活発に会話していたことが嘘のようだった。こうして行動を起こしてみると、自分がもうすっかり老人であることがはっきりと自覚された。

もう一度足に力を込め、懸命に床に立ってみる。体の軸を動かさず、直立していることなどはできない。ふらふらと頼りなく、いつ倒れるものか、まるで心もとない。立つだけでこんな様子なら、このままどこかまで歩いていくなど、とてもではないがおぼつかなく思われた。しかし、医者の要求ならやるほかはない。

ベッドのシーツに右手の指先を少し触れるようにしながら、そろそろと歩いていった。スポット・ライトの下にかかると、そこはベッドの裾だ。角に沿ってゆるゆると右に曲がり、続いてドアに向かって前進した。ほんの数フィート先のドアが、まるで隣街の彼方に思われた。右足の爪先も、左足の爪先も、ほんの一インチずつしか前にくり出せない。膝が萎え、倒れた。しかしその場では起きあがれず、床を這ってベッドの位置にまで戻り、ベッドにすがりながらどうにか立った。そしてもう一度ドアに向かって前進した。

倒れかかるようにしてドアにとりつき、ようやくの思いでドアを開けて廊下に出た。体はそんな調子だが、頭は比較的はっきりしていた。頭痛もない。廊下はほとんど真っ暗だったが、右前方に、ドア上部についた窓から明かりが洩れているドアがあって、あれがどうやら女医の部屋らしかった。しかしこのドアこそは、手前にいくつも並んだドアの向こうで、決して大袈裟でなく、隣の州のように思われた。壁に上体をもたせかけ、ずるずると肩でこすりながら、トマスはそろそろと前進していった。

ゆっくり、ゆっくりと、ドアの明かりが近づいてくる。途中で立ち停まり、トマスは何度も休み、喘《あえ》いだ。老いた心臓が、体の奥で精一杯強く打っていた。左側の窓は往来に面しているようだったが、表はまだ暗かった。自殺防止用か、鉄格子と金網が見える。

ようやく窓が鼻先に来た。ドアを開ける前に、明るい部屋の中を覗いた。視力が衰え、しかも暗がりになれたトマスの目には、室内は真昼の海岸のように眩い世界だった。明るさに目が馴れるまでに時間がかかった。

目が馴れ、焦点が合ってくると、部屋の奥の椅子に、小柄な人物が一人、ぽつねんとかけているのが見えた。長い髪だから女医かと思ったが、黒い髭が見えた。それは、懐かしい人物に似ていた。

「マンソン?」

トマスはつぶやき、急いでドアを開けた。開けながら、声をかけた。

「チャールズ、チャールズじゃないか? どうしたんだ? どうしてこんなところにいる?」

するとマンソンがトマスの方を見た。瞬間、目をいっぱいに開くのが解った。丸いマンソンの目が、ますます丸く、大きくなった。

「チャールズ……」

そう呼びかけるトマスも、いぶかしさに言葉が停まった。マンソンは、まるで昔のままなのだった。黒い髪も髭も、相変わらず真っ黒で、豊かだった。そして肌は張っていて、しわの類《たぐい》は少しもなかった。時間が飛んだ――?

「トマス? おまえ、トマスか?」

マンソンがつぶやくのが聞こえた。そしてトマスには少しも理解のできない感情によって、彼の全身は震えはじめた。腰をじわじわと引いていき、ついにスティール・パイプの椅子から転がり落ちた。椅子が、がちゃがちゃと派手な音をたてた。

「チャールズ、どうしたんだ?」

トマスが問いかけると、マンソンは喉を限りの大声をあげたので、トマスは仰天した。

「チャールズ、チャールズ……」

トマスは近寄っていき、懸命に話しかけた。しかしマンソンは床を這って逃げていく。追おうとした時、トマスの目に、壁に貼られた古い新聞記事の切り抜きが目に入った。それはこういう見出しだった。

「トマス・クラウン死亡。モーターサイクルで崖から転落。シャロン・テート殺害のヒッピー・グループの一味か」

そして日付は、一九六九年八月十一日となっていた。

「ヘイ、チャールズ……」

自分が死んでいる? トマスは一瞬意味が解らず、ちょっと考えた。しかし今はともかくマンソンだと、彼に向き直り、名前を呼びながら近づいていった。そして床にいる彼に向かって右手をさし伸ばした。

マンソンはその手から逃れようと、必死の形相で跳ね起きた。そして駈けだした。トマスがなおも追い、手を伸ばすと、マンソンはその手を凶暴に払いのけ、わめきながら顔を殴りつけてきた。足が弱っているトマスは、それで棒のように倒れた。

「何をするんだ、チャールズ、友達だろう」

そう叫ぼうとしたのだが、ダメージを受けた体からは声が出なかった。

今度はマンソンの方がトマスを見降ろすかたちになったが、トマスの顔を見ながら、彼は女のような金切り声をあげた。それはまるで断末魔の悲鳴だった。トマスはわけが解らなかった。マンソンは回れ右をしてドアに取りつき、ノブを摑んでひねり、続いて大声をあげながら揺すりたて、次にはどんどんどんと殴りつけた。そして子供のように泣きわめいた。

「出してくれ！　頼む出してくれ！　おーい、おーい、ここを出してくれっ！」

「チャールズ、ヘイ、チャールズ……」

トマスは床に横たわったまま、さらにマンソンに呼びかけ、手を伸ばした。するとその手が、くずれかけているのだった。甲の皮膚が剝離し、ぼろ布のようになって垂れ下がっている。そしてトマスの視界の中で、その端は、さらにぼろぼろとちぎれて床に落下した。

恐怖に充ちた目で、肩越しにこちらを振り返っていたマンソンだが、その様子を見るとまた悲鳴をあげた。

「チャールズ、チャールズ……」

わけが解らないので、トマスはひたすらにマンソンの名を呼び続けるほかはなかった。マンソンは自分が誰だか解らないのだ。だから気づかせようと、トマスは頑張った。

マンソンに殴られた左の頰に手を触れると、トマスはまた背筋が冷えた。顔もまた、くずれかかっている。手で触れてみると、どんどん肌が剝離し、ぼろぼろと際限なく床に落下する。わけが解らず、トマスは放心した。

「トマス、地獄に戻れ！　おーい、助けてくれー！」

マンソンは叫びつづけ、ドアを叩きつづける。ほかに何をすることも思いつかないというふうだ。

「チャールズ・マンソンさん、自白する気になったかしら」

その時、聞き馴れた女医の声が部屋いっぱいに響いた。トマスは天井を見上げた。ここにもスピーカーがあった。

「する！　なんでも喋る！　だからここ、開けてくれ！」

背中を見せたまま、マンソンは叫んでいる。

「シャロン・テートを襲ったのはテックス・ワトソンかしら？」

「違う！　俺だ！　俺が指示した！」

瞬間、ドアがガチャリと開いた。悲鳴をあげながら、マンソンは廊下に転がり出ていった。制服警官の姿がちらと見え、次の瞬間、もうドアはもと通りに閉まっていた。

一人部屋に取り残され、トマスは茫然とした。たった今のマンソンの馬鹿騒ぎが嘘のようで、部屋にはもう気が抜けたような静寂があった。

そして、トマスは思い出した。そうか、俺は幻覚を見ているのだ。女医が言っていたじゃないか。俺は幻覚を見ることになると。しかし、それにしてもなんてひどい夢だ。

「トマス、トマス、聞こえる？」

女医の声が、天井からまた降ってきた。床にすわり込んでいたトマスは、はっとわれに返った。

「ああ先生、これは……、なんてひどい幻覚だ。とっても堪えきれないぜ」

彼は言った。

「違うわトマス、これは現実よ」

女医が言った。

「なんだって!?」

どうやら幻覚は、まだ続く気らしかった。あくどいストーリーを、まだこの先にたっぷり用意して俺を待っているのだ。そういう女医のこの声も、また幻覚に違いない。

「現実だって？　このひどいメス（大混乱）が？　ジョークはやめろよ。このひどいクソが現実だって、あんたはそう言うのかい？」

「ええそうよトマス、現実よ」

トマスは鼻を鳴らして笑った。

「だまされねぇぜ先生、冗談じゃねぇ。こんな辻褄の合わないめちゃくちゃな話、現実のわけがねぇ！　いったいどう収拾つけるんだい」

「つくわトマス」

「じゃ、あれはなんだい先生」

トマスは壁の新聞記事を指さした。

「俺は死んだのかい？　それともあの記事は偽ものだってのかい？」

「いいえ、あれは本物のＬＡタイムスよ」

「じゃあ俺はやっぱり死人なのかい？　だからこんなふうに、体がくずれはじめているのか？　地獄から戻ってきたから。だからチャールズは俺を見て、あんなに怯えたのかい？」

「うーん……」

と、女医の考え込む声がした。

「一部はその通りね。マンソンは、死んだはずのあなたが現れたから、あんなに怯えたのよ」

「俺たちは友人だったはずだ。死んだはずの人間が甦ったのなら、少しは喜んでくれてもよかったはずだ」

「彼が喜ばなかった理由は二つあるわ。ひとつはあなたが老人だったから。もうひとつは、あなたを殺したのが彼自身だから」

「なんだって!?」

　トマスは叫んだ。

「マンソンが俺を殺した？　先生、解るように英語で喋ってくれ。なんでマンソンが俺を殺すんだ？」

「リノ・ラヴィアンカを襲った帰り道、マンソンは一人だけオートバイで走っていたあなたに、車を幅寄せしてはじき飛ばし、トパンガ・キャニヨンの谷底に落としたのよ」

「何!?　どうしてそれが解る？」

「タイヤ痕からよ、現場の」

　トマスは沈黙する。しばらくして言った。

「しかし何故？」

「あなたの存在がファミリーで大きくなってきて、マンソンの地位を脅かしていたのじゃないかしら。

どう？　銃の扱いとか戦闘のやり方の指導、そして『ヘルター・スケルター』の解釈、どれをとっても、マンソン以上のものがあなたにあったんじゃないかしら」

トマスは、考え込んで沈黙した。そうしていたら、その解釈はちょっとチャチすぎるぜ、と言った自分の言葉がぼんやりと甦ってきた。

「これは想像だけど、はずれていないんじゃないかしらね」

「あっ！」

トマスは言った。瞬間、自分のハーレーに当たるフォードのボディの衝撃音が、トマスの耳に甦った。マンソンの白と黄色のツートンのフォードだった。そして、続く絶望の感情。

「マンソン、気でも狂ったか！」

叫ぶ自分の声がした。次の瞬間、自分の体は空中を躍った。

「だから死体になったあなたが、彼を怨んで、墓場から迷って出たと彼は思ったの」

　女医が言い、トマスは放心した。

「峡谷の谷底からあなたを救出して治療してみたら、奇跡的に打撲痕ばかりで骨折はなかった。でも頭を強く打っていて、昏睡状態だった。血液型、目撃証言などから、あなたがアデール・ジョンソン殺しの犯人であることが解った。そしてあなたがシャロンやリノの襲撃に関わったらしいことも解ったけれど、この犯行の首謀者が誰で、どんな集団かはまったく解らなかった」

「まったく解らなかっただって!?」

　トマスは叫んだ。

「いつまで!?」

「さっきあなたが教えてくれるまでよ」

「じゃ先生は、マンソンのことも、ファミリーのことも、何も知らないで俺に質問を続けていたのか？」

「もちろんそうよ、見当もつかなかった。チャールズ・マンソンなんて名前、さっきはじめて聞いたのよ。どこに住んでいるかも、ヒッピーの教祖様であることも。そう、『ヘルター・スケルター理論』もね。

　あなたに訊こうにも、覚醒したあなたは脳に多くの問題を抱えていて、とても取り調べには応じられそうもなかった。けれどしっかり覚醒したら、それはそれで口を割らなくなるでしょう。だってあなた自身、いくつもの殺人に関わっているんですものね。

　でも私たち、急ぐ必要があったのよ。背後にどんな意図があるものかはまだ不明だけれど、この襲撃は、あきらかに連続する気配があったから。つまり次の目標がどこだかを知りたかったの。テイラー邸か、それともシナトラ邸かをね」

トマスは無言だった。

「さもなくば首謀者の名前とアジトの位置よ。これをなんとか探りたかったの。そうしたら襲撃を待ち伏せできるし、アジトを襲うこともできる。でも意識不明のあなたは何を訊いても答えられないし、意識がきちんと戻れば、仲間のことや次の襲撃目標について口を割るはずもないわね。なにしろあなたはブラウン・スターももらったヴェトナムの勇者だもの、普通の方法じゃとても無理」

「あんたたち、何も知らなかったのか？　ブルースの家を襲うってことも」

「もちろんブルースなんとかって人、考えもしなかった。そんな人、聞いたこともなかったし、そんなほとんど無名の人が攻撃対象になるなんて、思いもしなかった」

トマスは絶句した。

「私たちの作戦はこうよ。あなたの脳を徹底して調べた。非常に興味深い問題点を多く持つ、脳科学者には垂涎ものの症例と解ったわ。あなたが死ねば、あなたの脳は間違いなく博物館よ。あなたは扁桃核異常、低セロトニン、高インシュリン、低血糖の典型的サイコパス、加えて左側頭葉に弾丸の破片があり、このせいで、音の引き金なしでは、左脳全体がしばしば稼働停止していると思われた。異常性欲、時間、場所への失見当、さらには機械と生物との取り違え、ほんとうにほれぼれするような狂い方だった」

「ありがとうよ」

トマスは礼を言った。

「だからあなたのこれらの病状をうまく利用して、あなたから仲間の名前や住所、襲撃対象などの情報を引き出す、合理的な作戦をたてたの」

トマスは唸り声をあげ、無言だった。

「まずあなたが死んだとマスコミに誤情報を流した。これは、生きていれば次の……ブルース？その人の家の襲撃計画が、警察に漏れた可能性をマンソンが考えるから。襲撃は予定通りに行ってもらう必要があった。

そしてあなたの失見当や、記憶の障害、視力の低下などを利用して時間を操作したのよ。こうすれば、自白をしてももう罪には問われないと、あなたに信じさせることができるし、自白を治療と言いくるめることもできるもの」

「ああ先生、あんた今、さぞ得意だろうな。そんな説明、俺にとくとくとして」

トマスが、しみじみとした声で言った。

「まあ、否定はしないわね。こんなにうまく行くとは、正直思っていなかった」

女医は言った。

「ブルースの家……、さっきのマンソンたち、ここで捕らえたのか？」

トマスが訊いた。

「ぎりぎり間に合ったわね。あなたの話を聞いて、即刻ブレントウッド署がリー家に緊急脱出の電話を入れて、ＳＷＡＴ（武装機動隊）が出動したのよ。一個小隊はグローサリー・ストアのヴァンに乗って、むろんロスコーメア・ロードは避けて、裏通りから。リーさんの一家には裏口から隣家の庭を抜けて脱出してもらい、かわりにＳＷＡＴが、同じルートでリー家に潜んで待っていたの」

トマスは口をぽかんと開けたが、こう言った。

「待ち伏せか、ヴェトナムで俺たちもよくやったぜ……」

「そしてSWATの別働隊は、即座にスパーン・ムーヴィー牧場を急襲したの。この二面作戦で昨夜、ようやくマンソン・ファミリーとやらを一網打尽にできたのよ。あなたのおかげね」

トマスは、これ以上ないほどに苦々しい顔をした。

「でもマンソンは、シャロン・テート邸襲撃への関与は全面否認した。自分はずっとスパーンの牧場にいて、あれはテックス・ワトソンが勝手にやったことだと頑《かたく》なに言い張ったの。あなたの殺害容疑もむろん否認、あなたとの関わり自体を否定した。こんな主張が通ってきてしまうと、彼だけは十年しないで社会に戻ってきてしまうわ。そうさせるわけにはいかない。てこずりそうだったから、あなたに会ってもらったのよ。おかげでマンソンは、ほかの誰よりも協力的になったわ」

トマスはあきれ返るような気分になった。ここまで見事にだまされたことは、これまでの生涯で経験がない。

「二人の今の会見の様子は、ヴィデオに撮らせてもらった」

「ふん」

「法廷で、証拠として使えるわ。これほどの大事件に対して、これほどに劇的な成果をあげ得た捜査は記録的ね。ブレントウッド署を代表してあなたにお礼を言うわ」

トマスは衝撃と混乱で口がきけなかった。

「ちょっと待ってくれ先生、じゃいったい今は西暦何年なんだ? 何年何月何日だ? 二〇〇一年じゃないのか!?」

女医のくすくす笑う声がした。

「トマス、そんなはずないじゃない。SF映画じゃないのよ。もちろん一九六九年、八月二十五日よ」

トマスはまた放心した。ずいぶんして、ようやく彼はこんな質問を思いついた。

「じゃ、俺はまだ、罪の償いはすんでいないのか……」

がっくりきた声だった。

「言った通り、サン・クウェンティンか、ペリカン・ベイで勤めてもらうことになるわねトマス。でも安心して。あなたの脳の異常は、私が専門家の立場から、詳細に、具体的に法廷で証言するわ。だから死刑判決をもらうことはない。それにあなたにはヴェトナムのブラウン・スターもある。私の予想ではおよそ三十年ね、治療を条件の拘禁よ。だから七十歳になる頃には社会に出られるわ」

「ああ、今はまだその三十年手前だったってわけだ」

トマスは言った。

「そうね」

「先は長いな。アデール・ジョンソン殺しは、俺は本当にやっているのか？」

「それは本当よ」

「くそったれ！」

トマスはわめいた。

「でも救いは、シャロンの襲撃も、リノの襲撃も、指揮するばかりであなたはどうやら直接手はくだしていないみたい」

「ああ、そんな仕事、素人で充分だ。ところでここはどこなんだい先生、病院じゃないのか？」

「ブレントウッド署よ」

「先生は？　あんたも警官か？」

「いいえ、私は正真正銘の医師。ただし警察医」

トマスはまた放心した。

「信じられんな……」

「だましてごめんなさいねトマス、でも大勢の人の命がかかっていた。それに西海岸中がパニックに陥っていたのよ。世界も注目していた。だから事件は手早く片づける必要があったの。手段を選んではいられなかったのよ。解ってくれると嬉しいけれど」

トマスはゆっくりと首を左右に振っていた。

「なんて頭がいいんだい、あきれたぜ。ああ、シャッポを脱ぐよ。でも薬は？　Lなんとかって、あれは本当のことかい？」

「あれは本当よ」

「はっはっはっはっはぁ！」

トマスは笑いだした。

「やっと読めてきたぜ。やられてばかりじゃなく、俺にも少しは先廻りさせてくれよ先生。薬は本当でも、五時間以内ってのが嘘なんだな、もう日曜日で、襲撃の時間が迫っていたからだ。それで五時間以内ってことにして、俺をせきたてたんだ。そうだろう？」

少し沈黙ができた。どう答えようかと女医が迷っているのだ。

「悪いけどトマス、襲撃が日曜日だって解ったのはあなたと会話を始めてから。だから以降緊張したのは確かだけど、そのこと、最初からは解っていなかったわ」

「じゃあ五時間で薬が切れるってのは本当なのか？」

「本当よ、ただしLドーパじゃなく、あなたの顔と手に貼った人工皮膚がね」

「人工皮膚だって？」

「ええそう。それは割礼した赤ん坊のペニスの皮膚を、人工増殖させたものなの。本物の皮膚よ」

「ふえ……」

　トマスは言った。

「人工皮膚のシートよ。今年開発されたばかりの最新医療技術、火傷などの治療にきわめて効果的。だけど、五時間くらいで細胞は死にはじめるの。解った？」

　そして長い沈黙になった。床にすわり込んでいたトマスが、また笑いだした。その声は徐々に徐々に大きくなり、高笑いになった。

「トマス、トマス、あなた、大丈夫？」

　女医が心配して尋ねた。ようやく笑いやみ、トマスは言った。

「見事だ先生、本当に見事だぜ、ブラボー！」

　そして彼は手を叩いた。

「よくこんなことがやれたな、よくボロが出なかったものだ。まったく感心したよ」

「危ない時もあったけれどね」

　女医は告白した。

「どんな？」

「ゼーガーとエヴァンス、私もレコード持っているわよ」

　トマスはまたげらげらと笑った。

「ともかく俺はまだ三十七歳ってわけだ、まあ今はこのことを喜ぶとしようか。で、俺はこれからどうすればいい」

「立って。そしてもとの部屋のベッドに戻って、ゆっくり休むといいわ。ただし、ドアの外には見張りがつくけれどね。そして、裁判を待つのよ」

聞いて、トマスはゆるゆると立ちあがった。するとドアが開き、制服警官が二人現れた。

「この計画を考えたのはあんたかい？　先生」

トマスは訊いた。

「そうよ」

トマスは、感に堪えないというように首を大きく前方に折った。それから顔をあげて言う。

「なんて素晴らしいんだい、あんた天才だな！」

「あら、嬉しいわ」

「ラッセル先生、忘れないぜ。ファースト・ネームも頼むよ」

「ジーン」

「ジーン・ラッセル、ジーン・ラッセルか、いい名前だ、憶えておくぜ。七十歳になって俺が社会に出てきたら、この街のどこかでお茶でも飲まないか？」

「あらいいわね」

女医は言った。

「じゃ、ＯＫだな？」

トマスは、三十年後の約束をこう念押しした。

「ええ」

「楽しみにしてるぜ天才先生、音楽の趣味も合いそうだしな。一緒にロックでも聴きたいものだ」

言いながらトマスは、両脇を警官に支えられ、ゆっくりと廊下に退場する。その背中に向かって、ラッセル医師は言った。

「ええいいわトマス、『ヘルター・スケルター』以外なら」

（作者注、ブルース・リーが世界的に有名になり、カリフォルニアで死刑が廃止されるのは、それから数年後のことになる）

〔参考文献〕

響堂新『クローン人間』（新潮選書　二〇〇三年刊）

【作品初出】

エデンの命題――――――――――書下ろし

ヘルター・スケルター――――――島田荘司責任編集『21世紀本格』（カッパ・ノベルス　二〇〇一年刊）

◎お願い◎

この本をお読みになっての「読後の感想」を左記あてにお送りいただけましたら、ありがたく存じます。

なお、「カッパ・ノベルス」にかぎらず、最近、お読みになった小説、今後、お読みになりたい小説、読みたい作家の名前もお書きくわえいただけませんか。

どの本にも一字でも誤植がないようにつとめておりますが、もしお気づきの点がありましたらお教えください。ご職業、ご年齢などもお書き添えくだされば幸せに存じます。当社の規定により本来の目的以外に使用せず、大切に扱わせていただきます。

東京都文京区音羽一―一六―六
郵便番号 一一二―八〇一一
光文社 ノベルス編集部

推理中編集

エデンの命題《めいだい》　The Proposition of Eden

2005年11月30日　初版1刷発行

著者　島田荘司《しまだそうじ》
発行者　篠原睦子
印刷所　慶昌堂印刷
カバー印刷／近代美術
製本所　ナショナル製本
発行所　株式会社光文社
東京都文京区音羽1
電話　編集部 03-5395-8169
販売部 03-5395-8114
業務部 03-5395-8125
URL　光文社 http://www.kobunsha.com
編集部 http://kappa-novels.com

落丁本・乱丁本は業務部へご連絡くだされば、お取り替えいたします。

ISBN 4-334-07622-X

Printed in Japan

「カッパ・ノベルス」誕生のことば

カッパ・ブックス Kappa Booksの姉妹シリーズが生まれた。カッパ・ブックスは書下ろしのノン・フィクション(非小説)を主体としたが、カッパ・ノベルス Kappa Novelsは、その名のごとく長編小説を主体として出版される。

もともとノベルとは、ニューとか、ニューズと語源を同じくしている。新しいもの、新奇なもの、はやりもの、つまりは、新しい事実の物語というところから出ている。今日われわれが生活している時代の「詩と真実」を描き出す――そういう長編小説を編集していきたい。これがカッパ・ノベルスの念願である。

したがって、小説のジャンルは、一方に片寄らず、日本的風土の上に生まれた、いろいろの傾向、さまざまな種類を包蔵したものでありたい。かくて、カッパ・ノベルスは、文学を一部の愛好家だけのものから開放して、より広く、より多くの同時代人に愛され、親しまれるものとなるように努力したい。読み終えて、人それぞれに「ああ、おもしろかった」と感じられれば、私どもの喜び、これにすぎるものはない。

昭和三十四年十二月二十五日

KAPPA NOVELS

島田荘司　推理中編集
エデンの命題
The Proposition of Eden
旧約聖書の謎を最新の科学情報で読み解いた、新世紀ミステリーの記念碑的作品！

鳴海章　書下ろし　長編バトル・アクション
バディソウル　対テロ特殊部隊
対テロ特殊装備隊の命を賭けた闘いを活写した鳴海章「スナイパー・シリーズ」の最高傑作！

新世紀「謎」倶楽部　四六判ソフトカバー
石持浅海・加賀美雅之・黒田研二・小森健太朗・高田崇史・柄刀一・鳥飼否宇・二階堂黎人・松尾由美
EDS 緊急推理解決院
事件に巻き込まれて散々なクリスマス。でも大丈夫。名探偵がたすけてくれる。夢の合作！

明野照葉　四六判仮フランス装
痛いひと
どこかで出逢っているかもしれない不思議で奇妙で怖い人たちと「あなた」のストーリー8編を収録。

石持浅海　長編本格推理　書下ろし
セリヌンティウスの舟
信頼の絆で結ばれた六人を引き裂く褐色の小瓶。僕らは「疑心」の荒海の中に投げ出された——。メロスの友の懊悩を描く、本格の新地平！

大倉崇裕　四六判ソフトカバー
丑《うし》三《み》つ時《どき》から夜明けまで
「死人だよ、死人を見つけてこい。死んでなくちゃ、しょうがないんだ」——犯人は幽霊!?　奇抜な設定を巧みに生かした本格推理！

柾悟郎　四六判ハードカバー
さまよえる天使
彼らの一瞬は、わたしたちの永遠。伝説の作家・柾悟郎が瑞々しい筆致で紡ぎあげた、みたこともないような物語。

田中芳樹　架空歴史ロマン　書下ろし
アルスラーン戦記⑪
魔《ま》軍《ぐん》襲《しゅう》来《らい》
国王アルスラーン統治下のパルスに、蛇王の眷属が忍び寄る！　魔の山に閉じこめられたクバードらの危機は!?　戦慄の書下ろし、待望の刊行！

東川篤哉　長編本格推理　書下ろし
交換殺人には向かない夜
その冬いちばんの雪の夜、交換殺人は密やかに実行されようとしていた。企みと驚きに満ちた、切れ味鋭い本格推理。「烏賊川市シリーズ」最新作！

新堂冬樹　四六判ハードカバー
誰よりもつよく抱きしめて
結婚して8年。強迫的な潔癖症を患う夫とは7年間セックスレス。あなたなら、どうやって愛を確かめますか？　切なく瑞々しい、大人の恋愛小説！